くまの子ウーフの童話集

くまの子ウーフ

作　神沢　利子
絵　井上　洋介

ポプラ ポケット文庫

もくじ

Poplar
Pocket
Library

さかなには
なぜしたがない

ぶなの木《き》の下《した》で、昼《ひる》ねをしていたくまの子《こ》のウーフは、目《め》をさまして、木《き》を見《み》あげました。

ぶなの木《き》は、みどりの葉《は》をつけて、さも気《き》もちよさそうに風《かぜ》にふかれていました。

「木《き》はいいなあ。木《き》になりたいなあ。」

と、ウーフは思《おも》いました。

「こんなもしゃもしゃの毛皮《けがわ》のかわりに、みどりの葉《は》っぱをつけて、すずしそうに立《た》ってるんだ。そしてさ、じっと立《た》っていたら、みつばちがきて、すをつくるかもしれないね。そしたら、ぼく、木《き》のぼりしなくてもはちみつがなめられるよ。だって、ぼくが木《き》なんだもの。」

ウーフははちみつのことをかんがえて、ごくんとつばをのみこみました。

それから、

「でも……」

と、首《くび》をふりました。

「木《き》は、はちみつをなめないのかな。そんならぼくは、みつばちになろう。そしたら、すごいぞ。ぼくのうちにはいつだって、はちみつがいっぱいあるんだ。」

ウーフは、たまらなくなりました。

けれど、いったい、どうやったら、みつばちになれるのでしょう。

ウーフは、両手《りょうて》をひろげました。みつばちはいつだって、こんなふうにして、ぶーんとんでくるのです。

ぶーん　ぶうーん

ウーフがうなっていたら、ほんとに、ぶーんと小《ちい》さなうなり声《ごえ》がして、金《きん》色《いろ》のみつばちがやってきました。目《め》のまえのつりがねそうの花《はな》にとまって、はねをふるわせています。

「あ、みつばち。ぼくね、きみみたいなはちになりたいの。どうやってとぶか、教《おし》えてよ。」

ウーフは、両手《りょうて》をひろげていいました。

「見《み》てて！　いま、とんでみるからね。」

ウーフは、ぶーんとうなって、とびあがり、すぐに、ずてんところびました。

そのとたんに、みつばちは、つりがねそうの花《はな》から、まいあがりました。ぶーんとうなって、あいさつもしないでとんでいきました。

「おーい、まってよ、みつばちー」

ウーフはおいかけました。みつばちは野原《のはら》をこえて、小川《おがわ》をこえて、いってしまいました。

じゃぶじゃぶじゃぶ。

ウーフは川《かわ》の中《なか》までおいかけてから、あきらめて立《た》ちどまりました。

「うー、みつばちのやつ！」

そのとき、ウーフの二本《にほん》の足《あし》のあいだを、めだかのむれが、つーつーおよいでいきました。

「や、さかなだ。」

ウーフは、めだかを見《み》ていいました。

「さかなはいいなあ。」

ウーフは、ためいきをつきました。

「さかなはすずしい水《みず》の中《なか》で、一日《いちにち》じゅう、水《みず》あびしてればいいんだもの。のどもかわかないし、どろんこになって、おふろでごしごし、あらわれたりしなくてもいいよ。やあ、気《き》もちよさそうにおよいでる。」

めだかたちは、大《おお》きいのも小《ちい》さいのも、

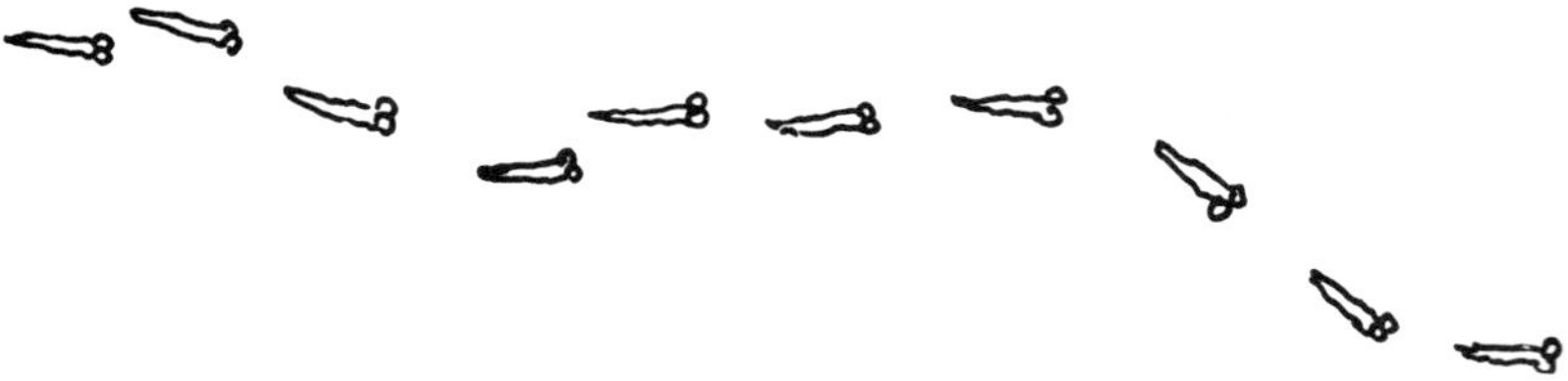

いっしょになかよく列《れつ》をつくって、およいでいきます。

「おい、きみたち、どうしてそんなにうまく、およげるの。」

ウーフは、たずねました。

そのとたんに、足《あし》がつるりとすべって、ころんでしまいました。

「あっぷっぷ。たすけてえ――」

水《みず》をぱしゃぱしゃさせて、やっとおきあがったときです。

「おう、くまこう、なにしにきたんだ。」

川《かわ》の中《なか》からふなが、顔《かお》をつきだしました。

「おまえ、わしらをつかまえにきたな。」

「ちがうよ、ちがうよ。」

ウーフは、びっくりしていいました。

「ぼく、さかなになりたいの。ねえ、さかなは手《て》も足《あし》もないのに、どうしておよげるの。」

するとふなは目玉《めだま》をぎょろっとさせて、いばりました。

「わしらは、うまれたときからおよげるんだ。おまえもさかなになりたけりゃ、その毛《け》むくじゃらな手《て》と足《あし》をすてちゃいな。」

「えっ？」

「そいつはろくなことはしない。たたいたり、すくったり、口《くち》へもっていったりな。」

ふなは、小《ちい》さなからだのどこからでるかと思《おも》うような大声《おおごえ》で、どなりました。

「おう、あんまり近《ちか》づくなよ。くまこう。」

「うー。ぼくはただ、どうしたらさかなになれるか、きいてるんだ。」

「ほ？　おまえ、本気《ほんき》かい。そんなら教《おし》えてやってもいいがな。さかなになるには、つらいしゅぎょうがいるんだぞ。」

「そのつらいしゅぎょうって、なに。」

「つまりだな。その、冬《ふゆ》になって、川《かわ》にこおりがぎちぎちはってきても、おまえさんみたいな毛皮《けがわ》にくるまっちゃおれんのだ。はだかで川《かわ》のそこにすわっていられるかな。」

「毛皮《けがわ》をぬいで？　こおりがはっても？」

ウーフは、さけびました。

「そうともさ。まだあるぞ。いいか、昼《ひる》でも夜《よる》でも、おきていてもねていても、そのふたつの目玉《めだま》は、ぱっちりあけていなくちゃならん。まばたきひ

とつ、してはならんのだ。」

「ねてても、目《め》をあけてるんだって？」

ウーフは、目《め》をまるくしました。

「ストップ！」

と、ふながいいました。

「いいというまで、まばたきするなよ。わしがテストしてやるからな。一《いち》、二《に》、三《さん》、四《し》、五《ご》、六《ろく》……」

さあ、こまった。ウーフは目《め》をまるくしたまま、うごけません。目《め》をあけて、いきをとめてつっ立《た》ちました。

「四十五《よんじゅうご》、四十六《よんじゅうろく》、四十七《よんじゅうしち》……五十《ごじゅう》……六十《ろくじゅう》」

ああ、くるしい。目《め》がひりひりします。

「百《ひゃく》！」

と、ふながどなったとき、ウーフは、もう、たまらなくなって、つづけざまにぱちぱちとまばたきをしました。なみだがぽろぽろこぼれました。

「はっはっはっ。らくだいだ。おまえはさかなにゃなれんぞ。」

「どうだ、くまこう。からだは小《ちい》さくとも、さかなさまはえらいだろう。わかったら、これからわしらをつかまえるなよ。」

ふなは口《くち》をぱくぱくあけて、いいました。

「それでも、さかなになりたけりゃ、おまえのしたをひっこぬいてからだ。」

「したを？」

ふなの口《くち》の中《なか》をのぞきこんだウーフは、わっと、とびあがりました。

ふなの口《くち》の中《なか》は、まるでからっぽ。

どこにも、したがなかったのです。

ウーフはあんまりびっくりしたものだから、川《かわ》からとびあがりました。びしょぬれのまま、かけてかけて、うちへにげかえりました。


「おかあさん。」

ウーフはおかあさんの首《くび》にだきついて、ふるえ声《ごえ》でいいました。

「川《かわ》にへんなやつがいたよ。そのさかな、口《くち》の中《なか》がからっぽなんだ。したをぬいちゃったんだ！　それからね、ねむるときも、目《め》をあけてるんだって。」

ウーフのはなしをきいたおかあさんは、ウーフをだっこしてわらいました。

「ウーフちゃん、さかなには、はじめからまぶたがないの。まぶたって、目《め》をあけたりしめたりするドアのことよ。」

それから、おかあさんはテーブルの上《うえ》のはちみつのつぼを見《み》て、いいました。

「さかなは、はちみつをなめなくてもいいから、したはいらないの。はじめから、したはないんですよ。」

「なんだ、そうかあ。」

ウーフは、すっかり安心《あんしん》してさけびました。

「うーふー、うれしいな。ぼくはしたがあるから、はちみつがなめられる。手《て》があるから、おかあさんにだっこもできるよ。ああ、ぼく、よかったなあ。くまの子《こ》でよかったなあ。」

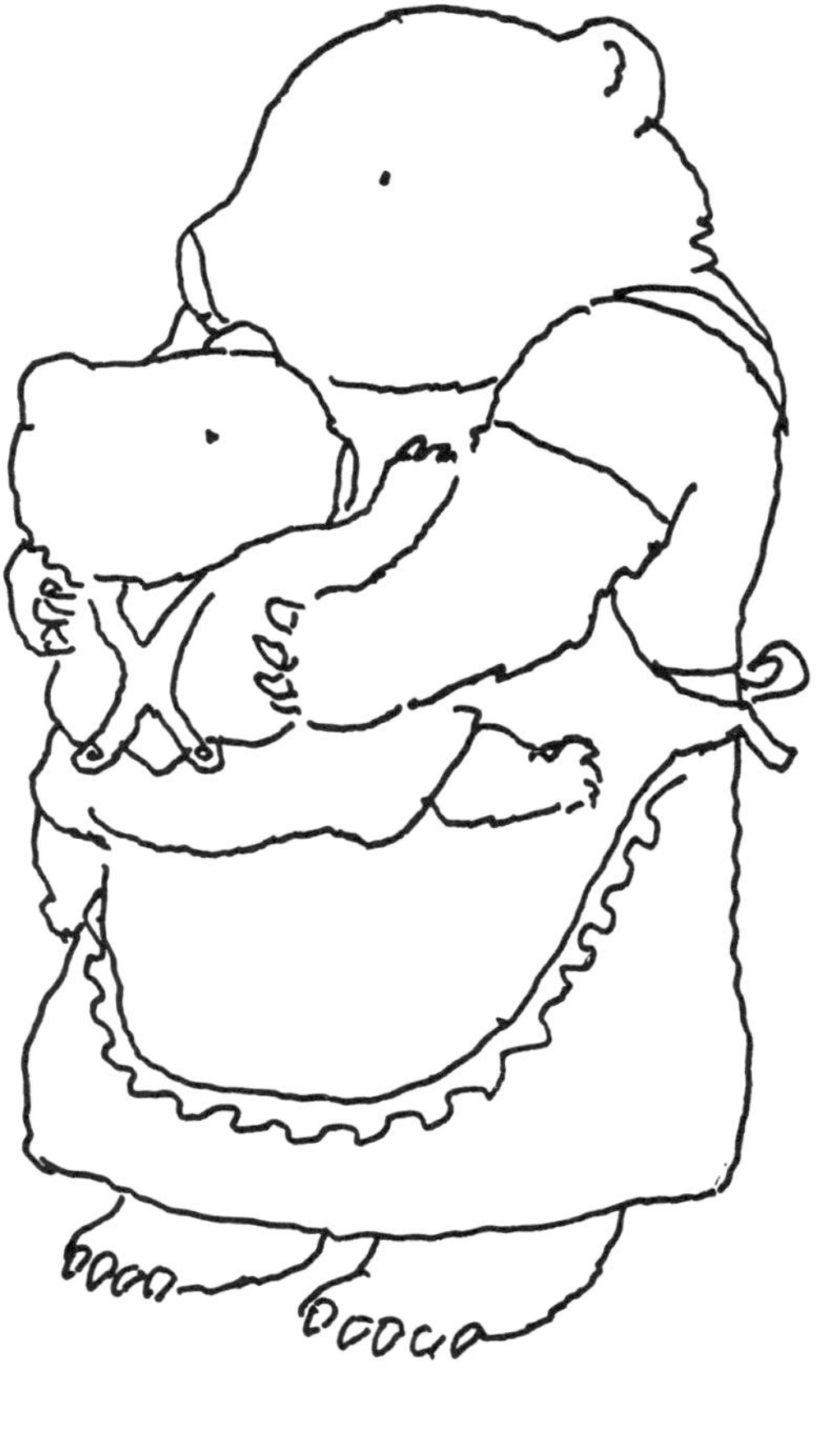

ウーフは
おしっこでできてるか？？

くまの子《こ》ウーフの朝《あさ》ごはんは、パンとはちみつと目玉《めだま》やきでした。

ウーフのおかあさんは、かた手《て》でたまごをぽんとわって、フライパンでじょうずにやきました。

おさらにのせた目玉《めだま》やきは、金色《きんいろ》にかがやいています。

ウーフは、はちみつをつけて、パンをたべました。それから、おさじでたまごのきみをすくいました。

「おかあさん。」

と、ウーフはいいました。

「ぽんって、たまごをわったでしょう。そしたら、ぽんって、たまごがでてきたね。きのうも、そのまえもそうだね。」

「そうよ。たまごがどうかしたの、ウーフ。」

と、おかあさんがたずねました。

「どうかしないんだね。たまごって。」

ウーフは感心《かんしん》して、ためいきをつきました。

「ぽんとわったら、いつもきまったものがでてくるんだ。ぼくなら、なんでもよくまちがえるのにねえ。ちっともまちがえないね。」

「それ、なんのことなの。」

「あのね、たまごの中《なか》から、ビー玉《だま》やらマッチなんか、でてこないねってこと。」

「あら、たいへんだ。」

ウーフのおかあさんは目《め》をまるくしました。

「ぽんとわって、たまごの中《なか》からマッチがでてきたら、ウーフの朝《あさ》のごはん

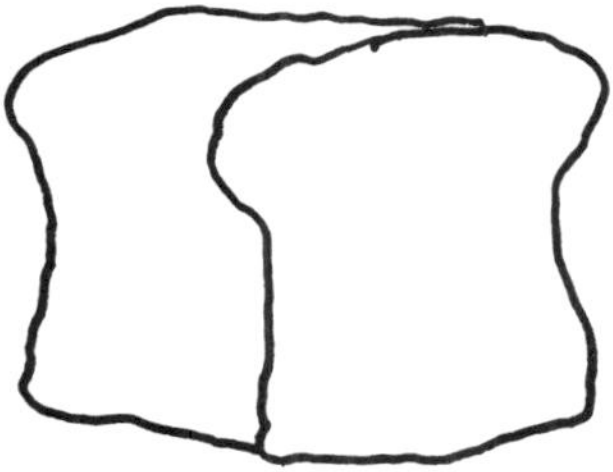

はどうしましょう。」

ウーフはおさじで、たまごのきみをすくってなめました。

「たまごは、なんでできてるの。きみと白《しろ》みでできてるんだねえ。」

「そうだよ、ウーフ。」

と、新聞《しんぶん》を見《み》ていたおとうさんがいいました。

「このおさじは、なんでできてるの。」

ウーフは、おさじをなめながらいいました。

「そいつは、かねだ。ステンレスという
かねでできてるよ。」

「じゃ、このパンは。」

「パンは、こむぎこでできてるのさ。」

「ふうん、じゃ、ぼくのいすは。」

「これは木《き》さ。」

「ざぶとんは。」

「きれと、ふわふわのわたさ。」

「へえー。」

ウーフは、すっかり感心《かんしん》してしまいました。

「コップはガラス。ビー玉《だま》もガラス。新聞《しんぶん》は紙《かみ》で、このおさらも木《き》だねえ。へえ、ぼく、なにがなんでできてるか、すっかりわかっちゃった。よし、きつねのツネタくんにも教《おし》えてやろう。」

ウーフは、むしゃむしゃとパンをたべました。はちみつも目玉《めだま》やきも、きれいになめてしまいました。それから、手《て》をぱんぱんとたたいて、パンくずをおとしてから、

「ごちそうさま。」

といって、外《そと》へあそびにいきました。

すると、きんぽうげの野原《のはら》を、めんどりがさんぽしていました。

「めんどりさん、いつもたまごをありがとう。」

と、ウーフがあいさつしました。

「おはよう、ウーフちゃん。どこへいくの。」

と、めんどりがいいました。

「あのねえ。」

と、いいかけてから、ウーフはめんどりのおなかをじろじろ見《み》ました。

「あのねえ、めんどりさん、きのう、ぼくがたまごをもらいにいったら、たまごをうんでくれたでしょう。きょうもいったら。」

「たまごをひとつあげるわよ。」

と、めんどりがいいました。

「あした、ぼくがいったら。」

「たまごを、またひとつうんであげるわ。」

「そのあしたも。」

「ええ、そのあしたも、そのあしたも、あんたがもらいにきたら、そのたびにうんであげるわ。」

「めんどりさんのからだに、たまご、いくつはいってるの。百《ひゃく》くらい？」

と、ウーフがたずねました。めんどりは首《くび》をかしげました。

「さあね、かぞえたことがないのよ。百《ひゃく》よりおおいんじゃないかね。」

「ふう。」

ウーフは、うなりました。

「それなら、めんどりは、たまごでできてるんだ。」

「たまごでできてるって？」

「ホットケーキは、たまごとこむぎこでできてるんだよ。そいでね、めんどりはたまごでできてるって、やっとわかっちゃった。」

コッコッコッコッ

めんどりはなにかいおうとして、目《め》をぱちくりさせました。そのひょうしに、草《くさ》の上《うえ》にたまごをぽんと、うみおとしました。

「あっ、ありがとう。」

ウーフは、うみたてのあたたかいたまごを手《て》にのせて、めんどりとわかれました。

「おはよう、ウーフ。どこへいくの。」

きつねのツネタがやってきました。

ツネタは、ウーフの手《て》のたまごをじろじろながめていいました。

「それ、どうしたんだい。」

「いま、めんどりさんにもらってきたの。」

と、ウーフはこたえました。

「ねえ、ツネタくん。めんどりはなんでできてるか、あてたらえらいよ。」

「そんなこときまってら。めんどりは、ガラと肉《にく》とはねでできてるのさ。しらなかったのかい。」

「ちがうよ。」

と、ウーフは、びっくりしていいました。

「めんどりのからだには、百《ひゃく》よりもたくさん、たまごがはいっているんだよ。でないと、あんなに毎日《まいにち》、たまごをうめないだろ。めんどりはね、たまごでできてるの！」

「へえ、たまごをうむなら、たまごでできてるっていうのかい。そんなら、ウーフ、こたえてみろ。ぼくのいうことにこたえられなかったら、このたまご、もらっちゃうからな。」

ツネタは、ひげをぴくぴくさせていいました。

「ウーフ。すると、きみはいったいなんでできてるんだい。」

「ぼく——」

ウーフは、こまってしまいました。

「朝《あさ》、パンとはちみつとたまごをたべたから、パンとはちみつとたまごでで

きてるのかなあ。」

「めんどりはたまごをうむ。けれど、ウーフはうまないよ。うまないかわりに、からだからだすのはおしっこさ。はは、ウーフはね、おしっこでできてるのさ。じゃ、このたまご、もらってくぜ。ばいばい。」

ツネタはウーフの手《て》から、うみたてたまごをさらってにげだしました。

「うそだい。おしっこなんかでできてないやあ。」

ウーフは、ツネタにとびかかりました。

ツネタは、とんでにげました。

おいかけたウーフは、つまずいてころびました。とがった小石《こいし》が、足《あし》にささって、ウーフはなきだしました。

「いたいよう。」

なきながら、足《あし》をさすりました。みじかいもしゃもしゃの毛《け》のあいだから、足《あし》にささった小石《こいし》を、つまみだしました。

ちが、にじんでいました。

「あっ、ちだ。」

ウーフが、きず口《ぐち》をのぞきこんだひょうしに、なみだのつぶが、ぽたんとおっこちました。

「うー、いたいよう。」

ウーフは、うなりました。それから、あれっと思《おも》いました。

「ぼくのからだからでるのは、おしっこだけじゃないや。ちもでるし、なみだもでるよ。ツネタなんかうそつきだい。」

ウーフは、なきやんで立《た》ちあがりました。足《あし》のきずが、ずくんずくんして

います。

ずくん　ずくん
うそつきだい　ずくん　ずくん
足《あし》は力《ちから》をいれて、そういっているようでした。

ウーフは、足《あし》をひきずりながら、歩《ある》きだしました。

きんぽうげの花《はな》は、きらきらかがやき、野原《のはら》を気《き》もちのいい風《かぜ》がふいていきました。

ウーフは、草《くさ》の上《うえ》にねころがりました。

青《あお》い空《そら》をながめました。

「やっぱりさ、ぼくがおしっこでできてるのはへんだよ。ぼくがおしっこなら、おしっこが、足《あし》がいたいなんて思《おも》うかなあ。」

ウーフは、ころりところがりました。
「ここから、この草《くさ》っ原《ぱら》をころころころがってかえろうっと。」
ころころころがると、ウーフのせなかとおなかのまわりを、青《あお》い空《そら》と、やわらかい草《くさ》が、かわるがわるにぐるぐるまわりました。
ころころころころ
ころころころ
ウーフは、ころげながら、

「足《あし》がいたくたって、へいきだい。ころころころころ、おもしろいや。ぼくは、ウーフさ。くまの子《こ》のウーフはいたいと思《おも》ったり、たべたいと思《おも》ったり、おこったり、よろこんだりするんだ。おしっこなんか、そんなことかんがえっこないさ。ころがってかえるなんてすてきなこと、なみだも、ちも、かんがえつかないさ。」

と、思《おも》いました。

ころころころ

ころころころ

ころころ　ずっしん！

ウーフは、うちの入《い》り口《ぐち》のドアにぶつかってとまりました。

「いたいっ。」

ウーフは、おきあがりました。おかあさんが、顔《かお》をだしました。

「まあ、ウーフ。どうしたの。」

「いたいっていってるのは、ぼくだよ。ウーフだよ。おかあさん、ただいま。」

と、ウーフがいいました。

「ねえ、おかあさん、ぼく、わかったよ。ぼくね、なんでできてるかっていえばね。」

ウーフは、うれしそうにいいました。

「ぼくでできてるの。ウーフは、ウーフでできてるんだよ。ね、おとうさん、そうでしょう。」

いざという
ときって
どんなとき？

ウーフは、ころころころがってあそぶのが大《だい》すきでした。

足《あし》がいたいので、毎日《まいにち》、ころがってあそびました。けががなおっても、ころがってあそんでいたので、からだがどろんこ。

どろとウーフの毛《け》が、すっかりなかよくなって、もう、どうにもはなれたくないというように、くっついてしまいました。

おまけに、ぴかぴかひかっています。

「おう、ウーフ。かんろくつけたなあ。」

きつねのツネタが、ウーフを見《み》て、にやりとわらいました。

かんろくって、どろのことかしら。

ウーフはわからないけど、ちょっととくいでした。

けれど、ウーフが一日《いちにち》あそんで、かんろくをつけてかえると、おかあさん

は、

「まあ、まあ！」

と、さけぶのでした。

それから、

「ウーフ、早《はや》くおふろにはいりなさい。」

と、せきたてました。

「そのまえに、おゆをなんべんもかぶるんですよ。それから石《せっ》けんであらわなくちゃ。」

おかあさんは、ウーフをおふろばにつれていって、はだかんぼのウーフに、おゆをざあざあかけました。

頭《あたま》のてっぺんから、おゆを三十六回《さんじゅうろっかい》もかけました。ぴかぴかにひかってい

たどろがゆるんでとけてくると、スポンジに石《せっ》けんをつけて、ごしごしあらいはじめました。

「石《せっ》けんのあわが、まるで茶色《ちゃいろ》だ。なんてよごれたんでしょう。」

ウーフのおかあさんは、そういいながら、

「はい、せなか。はい、こんどはおなか。」

と、ウーフをうらがえしにして、よくよくあらいました。

どろが、だいぶおちたとき、
はくしょん！

小《ちい》ちゃなくしゃみといっしょに、ウーフのかたから、小《ちい》さな虫《むし》がとびだしました。

「やれやれ、あざみの花《はな》からふりおとされて、つむじ風《かぜ》にまきこまれたと

思《おも》ったら、こんどはもしゃもしゃの毛《け》にとじこめられてしまった。やっとこさっとこ、でてきたが、さて、ここはどこだな。いやにつるつるすべるよ。」

そういったかと思《おも》うと、虫《むし》は石《せっ》けんのあわにのっかって、つーと、すべっていってしまいました。

「やれやれ。」

おかあさんが、ためいきをついたとたん、こんどはウーフのひざのうらから、ばったが一《いっ》ぴき、はいだして、

「足《あし》がとれた、足《あし》がとれた。」

と、わめきながら、とんでいきました。

「やれやれ。」

と、おかあさんはいいました。

「あのばったも、小《ちい》さな虫《むし》も、野《の》原《はら》からついてきたんでしょ。きっとまいごになっちゃうわ。ウーフがどろんこになって、どろで毛《け》の中《なか》にとじこめたからよ。」

「でも、ぼく、そんなつもりじゃなかったのに。」

と、ウーフは鼻《はな》をならしました。

「わかってます。でもね、ウーフ、くまの子《こ》は、どろにんぎょうじゃないんですからね。もすこし、からだをきれいにしなくちゃ。」

おかあさんは、ウーフのからだに五十回《ごじっかい》めのおゆをざぶり！　とかけました。

「りすでもきつねでも、いつもからだをなめて、きれいにしてるでしょう。りすなんか、半日《はんにち》もしっぽの手入《てい》れをしてますよ。きたないと、いざというとき、役《やく》に立《た》たないのよ。」

「いざというときって、どんなとき？」

「おそろしいたかや、ふくろうや、いろんなこわい動物《どうぶつ》におそわれたりしたとき、枝《えだ》から枝《えだ》へとびうつってにげるでしょう。木《き》からとびおりるときも、りすのしっぽはパラシュートのようにふくらんで、つごうがよいのよ。」

と、おかあさんがいいました。

「ぼく、いざというとき、どろだらけじゃこまるの？　枝《えだ》から枝《えだ》へとべる

の。」

ウーフはふりかえって、自分《じぶん》の小《ちい》さなしっぽを見《み》ました。

「これ、パラシュートみたいになるかなあ。」

「ばかなこといってないで、さ、からだをふくんです。」

おかあさんは、大《おお》きなタオルで、ウーフのからだをよくふいて、ブラシをかけました。もつれた毛《け》がひっぱられて、ウーフは、

「いたいよう。もっと、そっとやってよ。」

と、うなりました。

ブラシをかけてしまうと、ウーフは、つやつやした毛《け》の、それはきれいなくまの子《こ》になりました。

「やれやれ。」

おかあさんは、まんぞくそうにウーフをながめました。

「これでよしと。いいですか、ウーフ。きょうはもう、どろんこになってあそんじゃだめよ。おとなしくしてるのよ。二《に》どもおふろにいれるのは、たいへんですからね。」

もちろん、ウーフのほうも、一日《いちにち》のうちに二《に》どもおふろにいれられるのはいやでした。

でも、うごかないで、からだをよごさないであそべることなんて、あるでしょうか。

「じゃあね、ウーフ。ハーモニカをあげましょう。このあいだ、ウーフにあげようと思《おも》って、買《か》ってきたのよ。」

おかあさんが、ウーフに銀色《ぎんいろ》のハーモニカをくれました。

ウーフは、ハーモニカを口《くち》にあてて、でたらめにふいてみました。

りら　るら　すいー

と、きれいな音《おと》がながれました。

ウーフはうれしくなって、ハーモニカをふきならしました。

ほら、ウーフがあそこで、でたらめの曲《きょく》をふいています。ぽかぽかおひさまと、気《き》もちのよい風《かぜ》が、ウーフのぬれたからだをかわかしてくれます。

りら　るら　すいー

ウーフのハーモニカをききに、ちょうちょがきます。ウーフの頭《あたま》にとまります。そして、小《ちい》さなてんとうむしや、かみきりむしたちもやってきて、ウーフの石《せっ》けんのにおいのする毛《け》の中《なか》にもぐりこみました。

赤《あか》いボタンもようのてんとうむしも、長《なが》いひげのかみきりむしも、そこでうっとりと、ウーフのハーモニカをききました。

そして、ウーフのあらいたての毛皮《けがわ》は、ほんとうにいざというときの役《やく》に立《た》ったのです。

かまきりにおいかけられたばったや、いもむしまでが、ウーフの毛《け》の中《なか》にころがりこみました。そして、ウーフは、うるさいかまきりたちを、

「こらっ、あっちへいけ。」

と、おっぱらってやりましたからね。

きつつきの
みつけた
たから

りら　るら　すいー
　るら　りら　すいー
ある日《ひ》、ウーフがハーモニカをふきながら、歩《ある》いていくと、むこうからきつねのツネタがやってきました。

「どうお、いいハーモニカだろ。」

ウーフがじまんすると、ツネタは、

「へえ、そうかねえ。」

と、こたえました。

「だけどさ、ウーフ、きみ、この山《やま》にうめてあるたからのほうが、千倍《せんばい》も万《まん》倍《ばい》もすてきさ。」

ツネタは、ハーモニカをちらちらと見《み》ながらいいました。

「たからものだって？　それ、どこにあるって？」

「しーっ。」

ツネタは、むずかしい顔《かお》をしました。

「ずっとむかし、かいぞくが、この山《やま》の木《き》の下《した》にうめたんだ。そのたからものは、金《きん》のらっぱや銀《ぎん》のたいこや、それから、おかしのいっぱいはいった大《おお》きな金庫《きんこ》や、いろんなものがたくさんあるんだ。」

「うわあ、ぼく、ちっともしらなかった。どの木《き》の下《した》にあるの。」

「みんながさがしてるけど、まだ、みつからないのさ。ところで、ウーフ、きつつきのゲラのことしってるかい。」

ツネタは、ひそひそ声《ごえ》でいいました。

「ゲラはこつこつ木《き》をたたいてるだろ。あれね、おまえの下《した》にたからがある

かいって、木《き》にきいてまわってるんだぜ。たからのことなら、木《き》がいちばんよくしってるもんね。」

「ふーん、そうかあ。ゲラのやつ、うまくやってるなあ。」

ウーフは、感心《かんしん》してしまいました。

「ぼくも、たからものほしいなあ。ねえ、それ、もうみつかったの。」

「ああ、もうみつかるころだろ。」

ツネタは、すましていいました。

「だから、ウーフ。こんどゲラにあったら、きいてごらんよ。ははは、たからものってものは、どんなつまらないものでも、きみのハーモニカよりは、よっぽどすてきなものなんだぜ。じゃ、ばいばい。」

ツネタは、手《て》をふっていってしまいました。

「そうだ、ゲラはもう、たからものをみつけたかもしれない。でも、ひとりでほりだせるかなあ。ぼく、てつだってあげなくちゃ。」

ウーフは、むねがどきどきしました。林《はやし》のほうへ歩《ある》いていくと、おや、

こんこん　ころろろーん

ころろろーん

きつつきが木《き》をつつく音《おと》が、きこえてきました。

「やってる、やってる。」

ウーフは、音《おと》のほうへかけだしました。

みどりの林《はやし》に、気《き》もちのよいたいこがひびいてきます。

こんこんこん　ころろーん

こんこんこん

「あれは、なんていってるのかな。
たからだたからだ
たからはあるか、
たからはどこだ
たからららー―」

ウーフは、たいこうちの音《おと》にあわせて、うたいながらかけていきました。

すると、どうでしょう。こんどは、すこしはなれた右手《みぎて》の林《はやし》のおくのほうから、

こんこんこん　ころろろーん

と、きれいな音《おと》がひびいてきました。

「あれ、ゲラはあっちへいったのかな。」

ウーフは首《くび》をかしげました。それから、右手《みぎて》のほうへかけだしました。

すると、こんどはまた、さっきの場所《ばしょ》から、たいこがひびきます。

こんこんこん　ころろろーん

「やっ、へんだぞ。ゲラはあっちかな。」
するど、また、べつのところから、
　こんこん　ころろろーん
たいこの音《おと》は、だんだんゆっくりしたちょうしになり、あっちとこっちで、
かわるがわる、たたきあいました。
　こんこんこん　ころろろろーん
　　こんこん　ころろーん
　こんこんこんこんこん　ころろろーん
それは、ウーフには、
たからが　あるか　たからららら一
あったよ　あったよ　見《み》においで

と、いってるようにきこえました。遠《とお》くの音《おと》が、だんだん近《ちか》くなってきたと思《おも》うと、もう、ふたつの音《おと》は、おなじ場所《ばしょ》から、

　ころろーん

と、なかよくひびいてきました。

ウーフは、むちゅうでかけていきました。林《はやし》のかしの木《き》のみきに、ぼうしかけのようにとまっている、ゲラの赤《あか》い頭《あたま》が見《み》えました。

「ゲラさん、ゲラさーん。」

上《うえ》を見《み》あげて、ウーフはさけびました。

「あのう。たからものは、もうみつかりましたか。」

　こつこつこつ

ゲラは、木《き》をつついていましたが、やっとウーフを見《み》ていいました。

「きょっ、きょっ。くまの子《こ》のウーちゃんかい。おかげで、とうとうみつかったよ。」

「とうとう！」

ウーフは、どきどきするむねをおさえていいました。

「おめでとう、ゲラさん。」

「ありがとうよ。ウーちゃん。」

「ほんとにおめでとう。」

ウーフは、おじぎをしていいました。

「そいで、あのう、ぼくにおてつだいできることはありませんか。土《つち》をほるとか、うちへはこぶとか……。」

「いやなに、うちならもう、この木《き》にきめたんだよ。ふたりとも、この木《き》が

気《き》にいったんだ。木《き》をほるのはとくいだもの。てつだうことなんかないよ。それよか、ウーちゃん、さっきふいてたろ。オルガンがないから、ハーモニカでいいや。ハーモニカをふいとくれよ。」

「ハーモニカだって？」

ウーフは、びっくりしました。

「そりゃ、ふくけど、ねえ、ゲラさん、あんた、ほんとうにたからをみつけたんでしょう。」

「きょっ、きょっ。うふふふふ。」

ゲラは、うれしそうにわらいました。

「いじわるだなあ。ゲラさん、早《はや》く見《み》せてよ。たからものはどこにあるの。」

ウーフが、たずねました。すると、ゲラはひょいとよこをむきました。

「きょっ、きょっ。ぼくのみつけたのは、このひとさ。これがぼくのおよめさんだ。」

すると、みきのかげから、女《おんな》の子《こ》のきつつきが顔《かお》をだしました。

ゲラがこんこんと、みきをつつくと、およめさんもおなじところをこんこんつつきました。

「なあんだ。じゃあ、こんこんころろーんっていってたの、あれ、たからさがしじゃなかったのか。」

「およめさんをよんでたのさ。このひともぼくに、ころろーんってへんじをして、ぼくのところにきてくれたんだよ。」

ゲラは、にこにこしていいました。

「いちばんさいしょにおいわいをいってくれたのは、ウーちゃんだ。ありがとうよ。ぼくたち、すぐにけっこんしきをあげたいんだ。ウーちゃん、ハーモニカふいておくれよ。」

「ふくよ、ふくよ。それから、ゲラさんのけっこんしきにみんなおいでって、しらせてくるね。」

ゲラはきょっきょっと声《こえ》をだして、つづけざまにこっくりしました。くち

ばしがみきにぶつかって、こんこんひびきました。およめさんもすぐに、こんこん木《き》をつつきました。

そして、ふたりはまたなかよく木《き》をつつきはじめました。

その音《おと》は、ウーフが山《やま》のみんなにゲラのけっこんしきをしらせているあいだじゅう、なりひびいていました。

そして、もちろん、ウーフはゲラのけっこんしきでとてもじょうずにハーモニカをふきましたよ。
りら　るら
すいーってね。

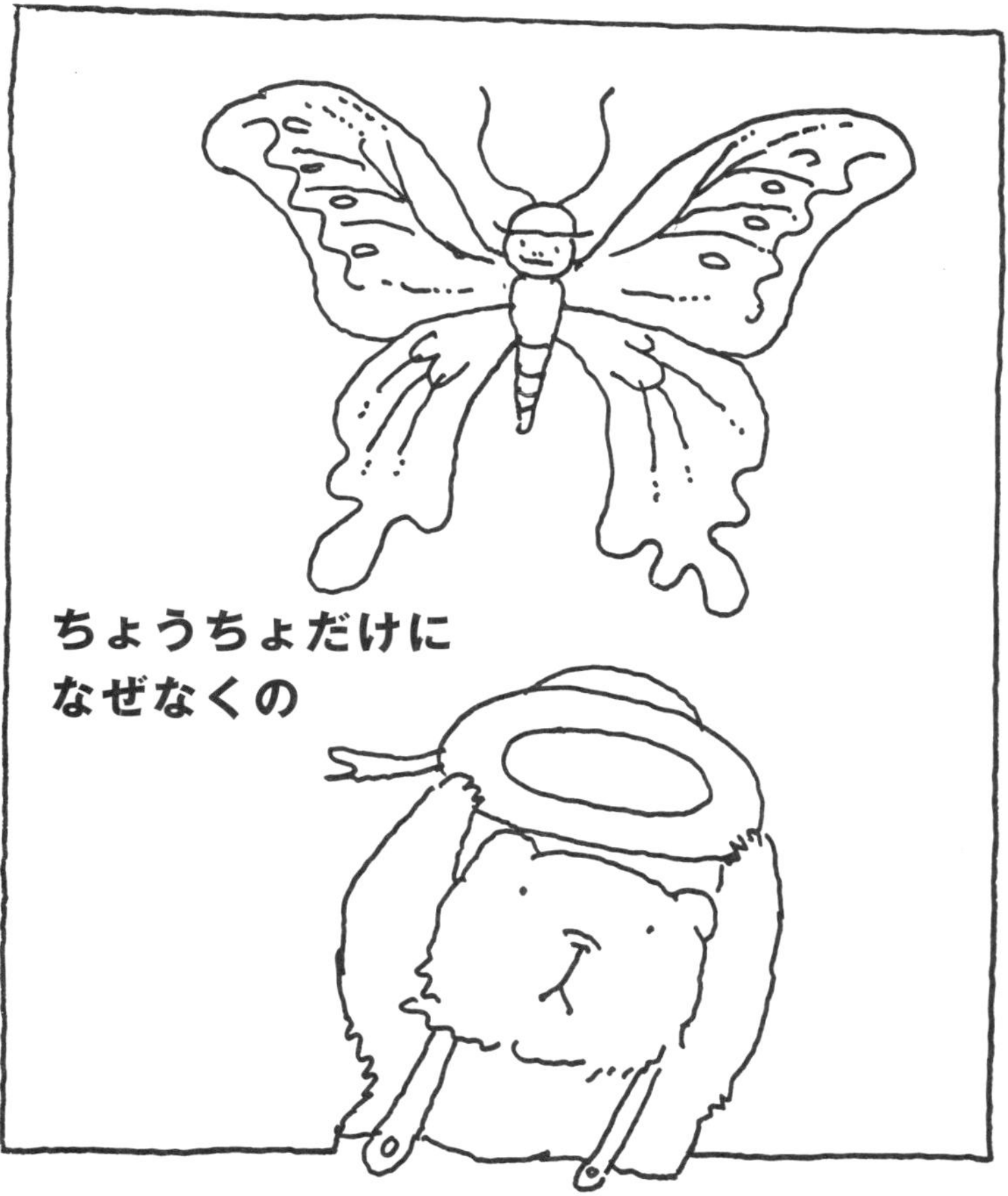

ちょうちょだけに
なぜなくの

ゆうがた。

風《かぜ》がふいて、まどのカーテンがふわあっとふくれました。

風《かぜ》といっしょに、青《あお》いちょうちょが、へやの中《なか》にまいこんできました。

ちょうちょはひらひらとんでから、かべの絵《え》のがくにとまりました。

「あっ、ちょうちょ。」

ウーフはのびあがりました。

ちょうちょはまいあがって、こんどは、テーブルの上《うえ》の紅茶《こうちゃ》の茶《ちゃ》わんにとまりました。そこで、はねをとじたり、ゆっくりひらいたりしました。

青《あお》いはねから、光《ひかり》がこぼれるようでした。

ウーフは、むねがどきどきしました。そっと、つかもうとすると、ひらひらとびたちました。

ウーフは、ぼうしをもっておいかけました。

つかまえた！

てのひらにのせて口《くち》をよせると、ちょうちょは、またまいあがりました。

「ウーフ、ちょうちょは外《そと》へいきたいんだよ。にがしてやりなさい。」

新聞《しんぶん》を見《み》ていたウーフのおとうさんが、まどのほうをむいていいました。

「いやだ。これ、ぼくのちょうちょだ。」

と、ウーフがいいました。

「にがしてやりなさい。」

おとうさんは新聞《しんぶん》で、ちょうちょをそっとおいはらうようにしました。

ちょうちょは、まどのほうへひらひらとんでいきました。

「にげちゃだめ！」

ウーフが、まどをしめました。ちょうちょのはねが、まどにはさまりました。

「あっ。」

ウーフがまどをあけると、風《かぜ》がちょうちょをふきこみました。けれど、ちょうちょはもう、ひらひらまいあがらずに、ふきとばされて、ゆかにおちました。

ウーフは、ちょうちょをひろいあげました。

「しんじゃった……。」

ちょうちょのからだはつぶれていました。ウーフは、むねがつまったようになって、なきだしました。

「ぼくが、までではさんじゃった……。」

「ウーフ、おはかをつくってあげたら。」

と、おかあさんがいいました。

ウーフは、ちょうちょをもって、外《そと》へでました。

つりがねそうのさいているそばに、ちょうちょをそっとうずめました。

「ウーちゃん、なにしてるの。」

うさぎのミミがきました。

「青《あお》いきれいなちょうちょだったんだ……。おはかにうめたの。」

と、ウーフがなきながらこたえました。

「かわいそうねえ。」

ミミは、おはかにドロップをそなえて、おがみました。

「おはか、つくったのかい。」

きつねのツネタもきて、いいました。

「ちょうちょのおはかよ。ウーちゃんのちょうちょがしんだの。とてもかわいそうなの。」

と、ミミがいいました。

「ぼくも、おがんでやるよ。」

ツネタもおはかをおがみました。それから、ウーフの顔《かお》を見《み》て、

「へえ、ウーフったら、ほんとにないてたの？」

と、びっくりしてたずねました。

「だって、ぼくがまどではさんで、しなせちゃったんだ。」

ウーフは、すすりなきながらいいました。

「へえ、ウーフ、こないだ、ぼくと、とんぼとってあそばなかった？」

ツネタは、へんな顔《かお》をしました。

「あのとんぼ、はねがもげてしんじゃったけど、ウーフ、なかなかったね。どうして？」

「しらない……」

と、ウーフがこたえました。

「こないだなんか、おしりでてんとうむしつぶしたよ。ウーフ、ははあなんて、わらってたじゃないか。」

「……しらない……」

と、ウーフがこたえました。

「へんなウーフ。さかなも肉《にく》もぱくぱくたべるくせして、は、ちょうちょだけ、どうしてかわいそうなの。おかしいや。」

「ひどいわ、ツネタちゃん。せっかくウーちゃんがないてるのに。」

と、ミミがいいました。

「せっかくなんて、へんだね。まあ、どうぞないてるといいや。こんばん、ビフテキたべるときは、もっとわんわんなくんだぞ。」

ツネタはひげをぴんとさせて、いばっていってしまいました。

「うう、ううっ。」

ウーフは、なきました。

「なかないでね、ウーちゃん。またくるわ。」

ミミも、さよならしてしまいました。

ウーフのなみだが、地面《じめん》にぽとんとおちました。

おはかにそなえたドロップに、ありがいっぱいたかっていました。

ありは、行列《ぎょうれつ》をつくって、ドロップにあつまってきます。

「こら、ありんこ。そのドロップはちょうちょにあげたんだよ。なめちゃだめだ。」

ウーフはどなりました。

「こら、だめだってば。こら、ぼくがなめちゃうぞ。」

ウーフは、ドロップをつまんで、ぺろりとなめました。

口《くち》の中《なか》がもじょもじょもじょしました。口《くち》の

中《なか》で、

たすけてくれえ　戸《と》をあけてくれえ

と、小《ちい》さな声《こえ》がしたようでした。

ウーフはいきをとめて、なみだのたまった目《め》をまるくしました。

たからがふえると
いそがしい

きつつきのゲラは、かしの木《き》にあたらしい家《いえ》をつくりました。
およめさんとふたりで、木《き》のみきにこつこつあなをほったのです。
そのうちに、かわいいたまごが五《いっ》つうまれました。
ウーフはさっそく花《はな》たばをもって、おいわいにいきました。
「ゲラさん、ゲラさん。」
ウーフはかしの木《き》にのぼって、よびました。

「いつ、ひよこがかえるの。早《はや》く見《み》たいなあ。」

「やあ、ウーちゃんか。」

ゲラは入《い》り口《ぐち》から顔《かお》をだすと、すぐにひっこんで、お茶《ちゃ》をはこんできました。

「うちはせまくて、お客《きゃく》さんにはいってもらえなくて、わるいねえ。こんなとこだけど、まあ、お茶《ちゃ》をどうぞ。」

「ありがとう。この花《はな》たば、いいにおいでしょう。これを入《い》り口《ぐち》にかざっとくときれいだよ。ちょうちょもくるし、みつばちもくるよ。いい木《き》だなあと思《おも》って、はちがすをつくるかもしれないよ。」

「うん。もし、はちみつがとれたら、ウーちゃんにごちそうするね。そうだ、ひよこがうまれたら、はちみつでおいわいしようね。」

「ほんと？　じゃ、まってるよ。」

ウーフは、大《おお》よろこびで家《いえ》にかえりました。

「みつばちは、うまくすをつくったかなあ。ひよこはうまれたかなあ。」

ウーフは、まちどおしくてたまりません。毎日《まいにち》、ゲラの家《いえ》をたずねました。

けれど、たまごはなかなかかえらないし、みつばちも、すをつくるようすはありませんでした。

「ウーフや。」

と、おかあさんはいいました。

「あんまりうるさく、ゲラさんのところへいってはいけませんよ。たまごをだいているおかあさんは、そっとしておいてあげるのが、いちばんなの。そうでなくても、たまごどろぼうがくるかもしれないでしょう。ゲラさん

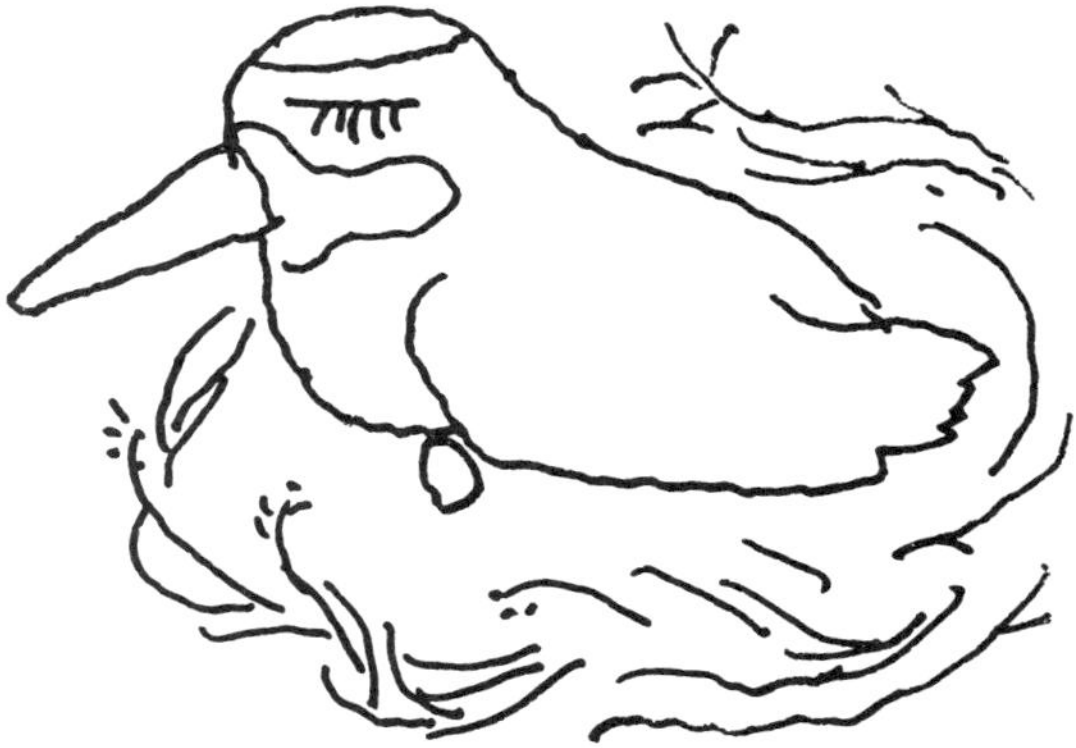

たちは、おちついていられないわよ。」

「たまごどろぼうだって。」

ウーフは、びっくりしてさけびました。

「ゲラさんのひよこがうまれないうちから、ねらってるやつがいるなんて。よし、そんなやつがいるなら、ぼく、たいじしてやる。」

ウーフはポケットに小石《こいし》をつめ

ました。それからぼうきれをもって、林《はやし》へかけていきました。

「もし、たまごどろぼうがいたら、小石《こいし》をなげて、ぼうでたたいてやる。それから、ぐるぐるまきにして、しばってやるんだ。」

ウーフはかしの木《き》のところまできて、かんがえました。

「でも、しばるものもってこなかったな。どこかに、なわはないかな。」

ウーフは、あたりを見《み》まわしました。けれど、草《くさ》むらには、なわなどおちてはいませんでした。ウーフは、上《うえ》を見《み》あげました。

「あ、ある、ある。」

かしの木《き》の枝《えだ》に、だれがひっかけたのか、青《あお》いひものようなものがまきついているではありませんか。

ウーフはせのびをして、手《て》をのばしました。ぼうのさきにひっかけようと

したのに、とどきません。

もういちど手《て》をのばしたとき、そのひもがするするとうごきました。ひもは枝《えだ》をつたって、ゲラの家《いえ》のほうへすすんでいきます。

ウーフがいきをつめて見《み》ていると、ひもは、かま首《くび》をもちあげました。

ああ、それはひもではなくて、ウーフの大《だい》きらいなへびだったのです。

へびはつーつーと、枝《えだ》をすべるようにすすんで、枝《えだ》からみきへ、ゲラの家《いえ》の入《い》り口《ぐち》へとしのびよっていきました。

「こらっ！」

ウーフは、ポケットの小石《こいし》を、へび目《め》がけてなげつけました。

「ゲラさん、へびだよ。へびがねらってるよう。」

ウーフは、木《き》をゆすぶってどなりました。入《い》り口《ぐち》から、ゲラのおよめさん

がとびだしました。

ウーフは、木《き》によじのぼり、ぼうきれで、へびをたたきおとそうとしました。およめさんはおどかすように、ばたばたへびのまわりをとびまわりました。

林《はやし》の小鳥《ことり》たちも、ぱたぱたやってきてさわぎたてました。

ぴい ぴい ぴい
ちい ちい ちい
「へびめ、あっちいけ。」

「ウーちゃん、やっつけてくれ。」

みんなにさわがれて、へびは、かま首《くび》をもちあげて、ウーフにむきなおりました。

「こら、へび、あっちいけ。」

ウーフは、ぼうきれをふりまわしました。ぼうきれが、枝《えだ》にぶつかっておれました。へびは赤《あか》いしたをちろちろさせて、とびかかろうとねらっています。

「えいっ。」

ウーフはもう、むちゅうで、へびのしっぽをつかんでたたきつけようとしました。そのとき、すかさず、

「えい！」

ゲラのおよめさんが、するどいくちばしで、へびの目玉《めだま》をつきました。へびはだーっと木《き》の下《した》に、すべりおちていきました。

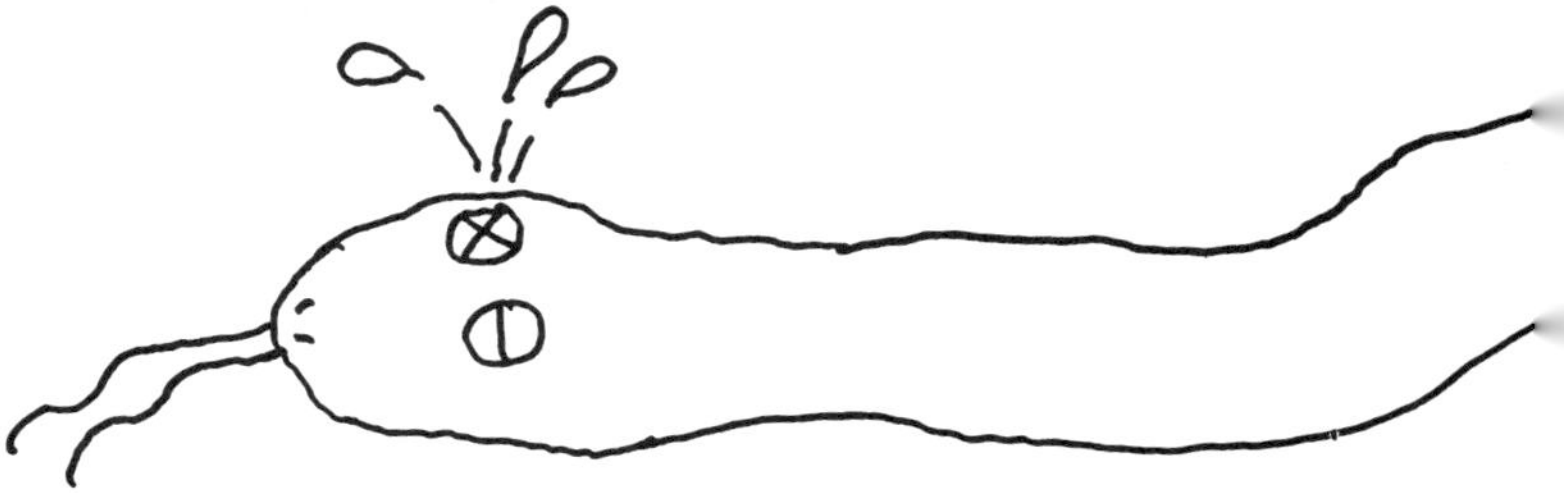

「やっつけたぞ。ばんざーい。」

小鳥《ことり》たちは、よろこんでさけびました。

「ばんざーい。こいつ、あたしのたまごもとったのよ。」

そこへ、ゲラがとんできました。

「さわぎをきいて、とんできたんだ。たまごはぶじだな。だれにも、けがはなかったんだな。」

ゲラは、さけびました。

「だいじょうぶよ。ウーちゃんがへびだよーって、しらせてくれたの。」

と、小鳥《ことり》のピピがせわしくしゃべりたてました。

「そいで、みんなでさわいで、ウーちゃんがへびのしっぽをつかんで、そいで、ゲラさんのおよめさんが、えいって、へびの目玉《めだま》をつついてやっつけちゃったのよ。」

「やあ、ウーちゃん、ありがとう。」

「ゲラさんのおよめさんが、つよかったんだよ。」

と、ウーフがいいました。

「およめさん、ばんざい。ウーちゃん、ばんざーい。」

と、ピピがはねをひろげてさけびました。

「あらあ。」

およめさんは、みるみる赤《あか》くなりました。

「あたし、どうしよう。ほんとは、もっと、やさしいおくさんなのよ。」

およめさんは、はずかしそうに家《いえ》の中《なか》にかくれてしまいました。

「よかったよね。」

「よかったね。」

みんなは、ぴいぴい　ちいちい、しゃべりあいました。

すると、ピピがきゅうにかんだかい声《こえ》でさけびました。

「し、しずかに！　ちょっときいてごらんなさい。ゲラさんのうちの中《なか》から、ぴいぴい声《こえ》がきこえるわ。」

みんなはおしゃべりをやめて、耳《みみ》をすませました。

すると……

ほんとうに、そうです。家《いえ》のおくのほうから、かすかにぴいぴいという声《こえ》がきこえてきました。

「あっ、うまれた！　ひよこがうまれたんだ！」

ゲラは、とびあがりました。あわてて、頭《あたま》からさかさに家《いえ》の中《なか》へおっこちていきました。

ぴい　ぴい　ぴい

なき声《ごえ》が大《おお》きくせわしくなりました。

「うまれた、うまれた。五《ご》わもいっしょにうまれたよ。」

ゲラが、顔《かお》をだしてほうこくすると、またすぐ、顔《かお》をひっこめました。

「うわあ。ぼくも、みんなにしらせてこようっと。」

ウーフが、いそいで木《き》からすべりおりると、きつねのツネタもうさぎのミミも、もう、ちゃんと木《き》の下《した》にあつまっていました。

「小鳥《ことり》たちがさわいでいるから、なにかおこったのかと思《おも》って、かけてきた

のよ。」

と、ミミがいいました。

「すると、このへびが下《した》におっこちてたのさ。そいで、ぼくがたいじして
やったぜ。」

ツネタが、へびをつかみあげました。

「これ、ぼくのよそゆきのベルトにするんだ。いいだろ。」

「ねえ、ゲラさんとこ、ひよこが五《ご》わもうまれたんだよ。」

と、ウーフがしらせました。

「やあ、おめでとう、ゲラさん。」

「ゲラさん、おめでとう。」

ミミとツネタは上《うえ》を見《み》あげて、おいわいをいいました。

けれど、ゲラもゲラのおよめさんも、入《い》り口《ぐち》から顔《かお》をだしませんでした。だって、ふたりともひよこたちにむちゅうで、だれの声《こえ》も耳《みみ》にはいらなかったのですからね。

それから、いく日《にち》かたちました。

林《はやし》では、ゲラたちのこんこんこんが、日《ひ》ましにはげしくせわしくなってきました。

ある日《ひ》――。

ウーフが木《き》のぼりをしてあそんでいたら、ゲラが木《き》くずだらけの顔《かお》をにやっとさせて、あいさつしました。

「ウーちゃん、こんちは。うちの子《こ》どもたち、だいぶ大《おお》きくなったよ。」

「見《み》せてよ。」
「うん、そのうちにね。」
こつこつこつ
ゲラは虫《むし》をみつけてくわえると、目《め》をかたっぽつぶってみせてから、ぱたぱたとんでいきました。それからすぐもどってくると、いいました。
「あの子《こ》らがとべるようになったら、見《み》ておくれよ。おっと。」
こつこつこつ
ゲラは虫《むし》をくわえて、またとんでいき、またかえってきていいました。
「ぴいぴいないて、かわいいぜ。それによくたべる。おっとっと。」
こつこつこつん
また、虫《むし》をはこんでかえってくると、いいました。

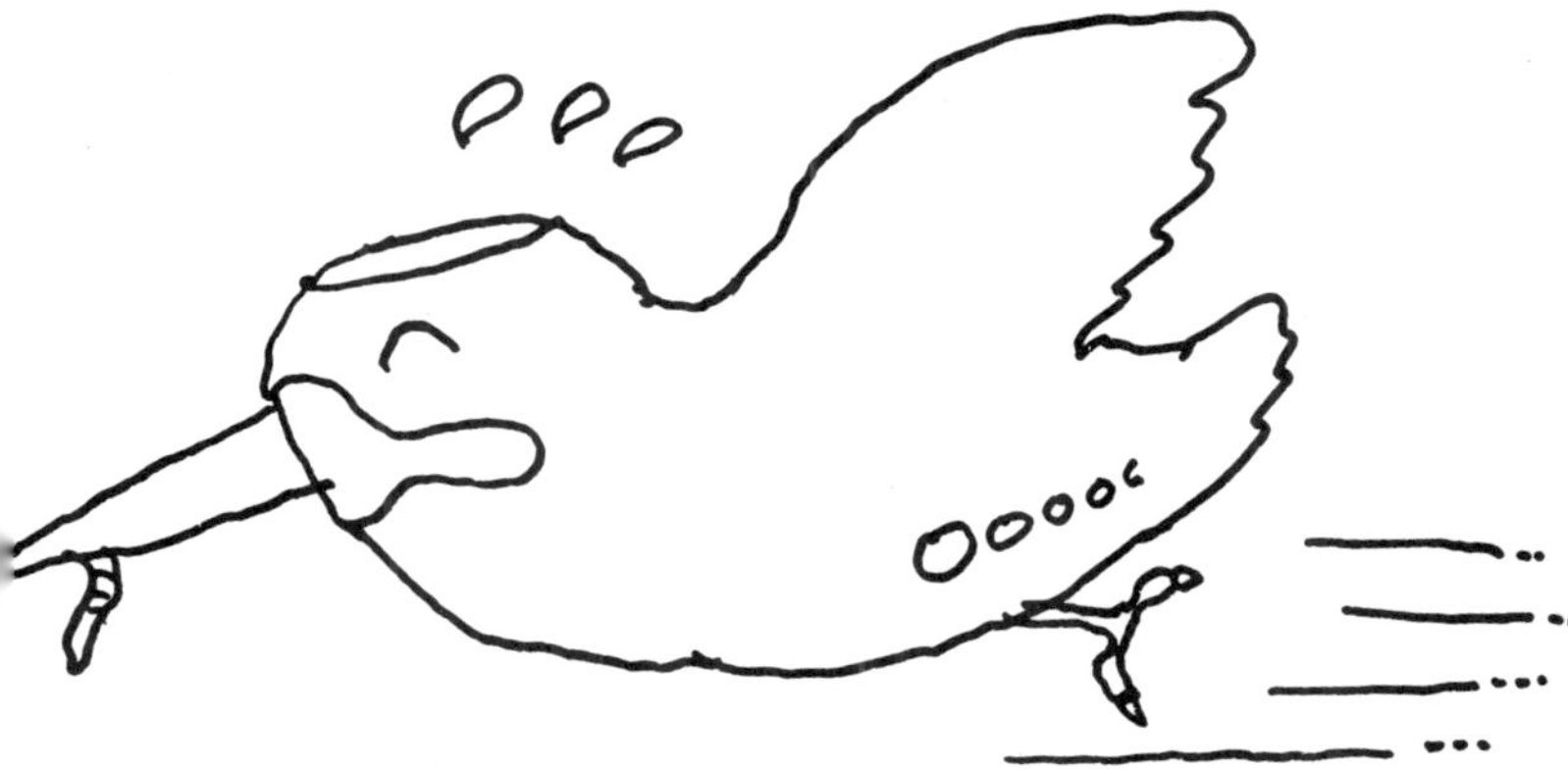

「ウーちゃん。おとうさんてもんは、いそがしいんだぜ。ぜんぜんひまなんかないんだ。なにしろ五《ご》わ、五《ご》わもいるんだからなあ。おっと。」

こんこんこん　こつこつこつ

ゲラは、むちゅうで木《き》をつつきました。

「ああ、見《み》てると目《め》がまわっちゃうよ。」

ウーフは、ためいきをつきまし

た。

　こんこんこんこん　こつこつこつこつ

林《はやし》にひびくその音《おと》は、もう、あの、

　ころろろーん

と、のどかにひびく音《おと》ではなくて、ただもう、

　いそがし　いそがし　いそがし

と、いっているようにきこえました。

「ゲラさんのたからものは、あのおよめさんひとりだったのに。」

と、ウーフは感心《かんしん》してうなりました。

「たからがふえちゃったんだ！　たからがふえると、どろぼうの番《ばん》もしなくちゃいけないし、いろいろといそがしくなるんだなあ！」

おっことさないもの
なんだ？
ヨースケ

あついあつい、夏《なつ》の日《ひ》でした。

「あつくて、いやになっちゃうなあ。」

くまの子《こ》ウーフは、朝《あさ》から、もう、なん回《かい》めかのためいきをつきました。

「昼《ひる》ねしたってあついし、目《め》がさめてもあついし……。」

ウーフはいま、昼《ひる》ねからさめたところなのです。木《こ》かげで、ねころんだまま、空《そら》を見《み》ると、空《そら》には、ソフトクリームのような雲《くも》がうかんでいました。

「ああー、ソフトクリーム百《ひゃっ》こ、なめたいなあ。」

ウーフが、ためいきを、ふうーとついたとき、だれかが、木《き》の上《うえ》でわらいました。

「あついって、あたりまえよ。あんた、そんなあつい毛皮《けがわ》をきてるんだもん。」

「だれだ。なーんだ、ピピか。」

ウーフは、木《き》の枝《えだ》を見《み》あげました。小鳥《ことり》のピピは、はねをばたばたさせて下《した》の枝《えだ》にとまりなおしました。

「くまって、大《おお》きいくせに、みんな、おばかさんなのね。毛皮《けがわ》をぬいじゃえばすずしいのにね。人間《にんげん》なんか、夏《なつ》ははだかんぼでおよいでるわよ。」

それから、きゅうに、ひそひそ声《ごえ》でいいました。

「ちょっと、ウーちゃん、いいこと教《おし》えたげる。あたしね、町《まち》のお店《みせ》で毛皮《けがわ》を売《う》ってるの見《み》たことあるのよ。」

「へえ、毛皮《けがわ》を売《う》ってんだって。」

ウーフは、目《め》をまるくしました。

「だから、あんたも、毛皮《けがわ》をぬいで、売《う》ったらどうお。お金《かね》もちになれるわよ。」

「えっ、ぼくがお金《かね》もちに。」

ウーフは、びっくりしてさけびました。

「そうよ。はだかんぼになって、すずしくなって、おまけにお金《かね》もちになれるのよ。ソフトクリームなんて、百《ひゃっ》こも買《か》えるわよ。」

「ほんと、それ。」

ウーフは思《おも》わず、立《た》ちあがりました。

「そうよ、はちみつだって、はちみつをいれとくすてきなつぼだって、ビー玉《だま》だってなんだって買《か》えちゃうわよ。」

「じゃ、花火《はなび》も、ヨットも。」

ウーフは、さけびました。

「すごいや。ぼく、すぐにぬいじゃうよ。ピピ、なんていいことを教《おし》えてくれるんだろう。お金《かね》もちになったら、ソフトクリームをごちそうするよ。ね、ピピ、毛皮《けがわ》ぬぐのてつだってよ。」

ウーフは、シャツをぬぐように、首《くび》のうしろの毛皮《けがわ》をつまんでひっぱりました。

よいしょ、よいしょ。

けれど、毛皮《けがわ》はぬげません。

「むずかしいや。ぼくの毛皮《けがわ》にはボタンもチャックも、ないんだもの。」

「だめねえ、ウーちゃんはひとりで毛皮《けがわ》もぬげないんだから……。いいわよ、あたし、はさみをかりてきてあげる。」

ピピはばたばたとんでいって、どこからか、ぴかぴかひかるはさみをかりてきました。

「さあ、もう、だいじょうぶ。せなかからきったげるわ。」

「気《き》をつけてよ。ほんとに、毛皮《けがわ》だけきってくれよ。」

ウーフは、こわくなってたのみました。ピピはへいきよ、というように、かちかちはさみをならしました。それから、ウーフのせなかにとまりました。

じゃっきん！

「あいたっ。」

ウーフは、とびあがりました。はさみが、がちゃんところがりおち、金色《きんいろ》の毛《け》が、ぱらぱらこぼれおちました。

「なによ。じっとしてなきゃ、だめじゃないの。」

ピピが、おこりました。

「せなかがつくんとしたよ。気《き》をつけてったら。」

ウーフがどなりました。

「だいじょうぶよ。さあ、じっとしててよ。」

ピピが、はさみをひろって、もういちどきりました。はさみのさきが、ウーフのせなかの肉《にく》をつまみました。

「いたいってば！」

ウーフは、どなりました。

「もう、よしとくれ。毛皮《けがわ》をきらないで、せなかをきるなんて、いやだい。」

「ウーフのよわむし、おばかさん。あんた、お金《かね》もちになりたくないの。」

「だって、せなかきられて、つつかれて、いやだい。ピピなんかうそつきだ

い。ちっとも毛皮《けがわ》、ぬがしてくれないじゃないか。」

「そうなの。あたしが、こんなにしんせつにしてあげてるのにね。いいわよ、わかったわよ。」

ピピは、はさみをかちかちならして、おどかすようにとびまわりました。

「へい。だから、くまはばかなのよ。夏《なつ》でもふうふう毛皮《けがわ》きて、いつまでたっても、お金《かね》もちになれないのよ。」

「うるさい。おまえなんかあっちへいけ。」

ウーフは、手《て》をふりあげました。

ピピはぷりぷりおこって、いってしまいました。

でも……、ピピがいってしまうと、ウーフはがっかりして、地面《じめん》にすわりこんでしまいました。

おなかがきゅうにどかんとすいてしまったように、かなしくなりました。

「あーあ、ソフトクリームも、はちみつも、花火《はなび》も、ヨットも、みんなだめ……」

ウーフは、なきだしました。


ウーフがないていたら、どこかすぐそばで、小《ちい》さな声《こえ》がいいました。

「おまえさん、なにをないてるのさ。」

そこで、ウーフはなきながらこたえました。

「あーん、ぼく、お金《かね》もちになりたいよう。」

すると、小《ちい》さな声《こえ》はちょっとのあいだだまりこみました。それから、小《ちい》さなしゃっくりをひとつして、いいました。

「わしも、むかしは金《かね》もちだったがねえ。」

「えっ、あんた、だれ。」

ウーフはびっくりして、顔《かお》をあげました。

「わしかい。ほら、目《め》のまえの草《くさ》の葉《は》っぱの上《うえ》をごらん。こがねむしだよ。」

ウーフが草《くさ》の葉《は》っぱをよくよく見《み》ると、みどり色《いろ》にひかる、まるいボタンのような虫《むし》が、顔《かお》をなでていいました。

「わしもな、くまちゃんや。むかしは金《かね》もちだって、歌《うた》にまでうたわれたもんだったよ。」

こがねむしは、またひとつしゃっくりをし

て、いいました。

「ところが、いまじゃ文《もん》なしだ。こがねむしは金《かね》なしだって、子《こ》どもがうたうよ。金《かね》をいれたかばんをおっことしてからはな。」

「そのかばん、みつからないの。」

ウーフは、びっくりしてたずねました。

「ああ、ちょうちょにとんぼにかまきり、ありにもきいてまわったがね。どこからも、でてはこなかったよ……。金《かね》なんて、そんなもんだよ。くまちゃん、おまえさんも、おっことしたり、なくしたりしないものだけ、もってればいいのさ。なくんじゃないよ、なあ。」

こがねむしは、しわがれ声《ごえ》でくりかえしました。ウーフは、思《おも》いきってたずねました。

「じゃ、あのー、おっことさないものって、なんなの。」

ところが、こがねむしはきゅうに首《くび》をあげました。

「や、お茶《ちゃ》の時間《じかん》だ。むこうの野原《のはら》でみんながあつまってるころだわい。」

そして、はねをひろげて、ぶーんととんでいってしまいました。

「まってよ、教《おし》えてよったら。」

ウーフは、あわてておいかけました。

けれど、こがねむしは、にじのようにひかりながら、もう、見《み》えなくなってしまいました。


ウーフはつまらなくなって、うちへかえりました。

そして、いつものように大《おお》きな声《こえ》でいいました。

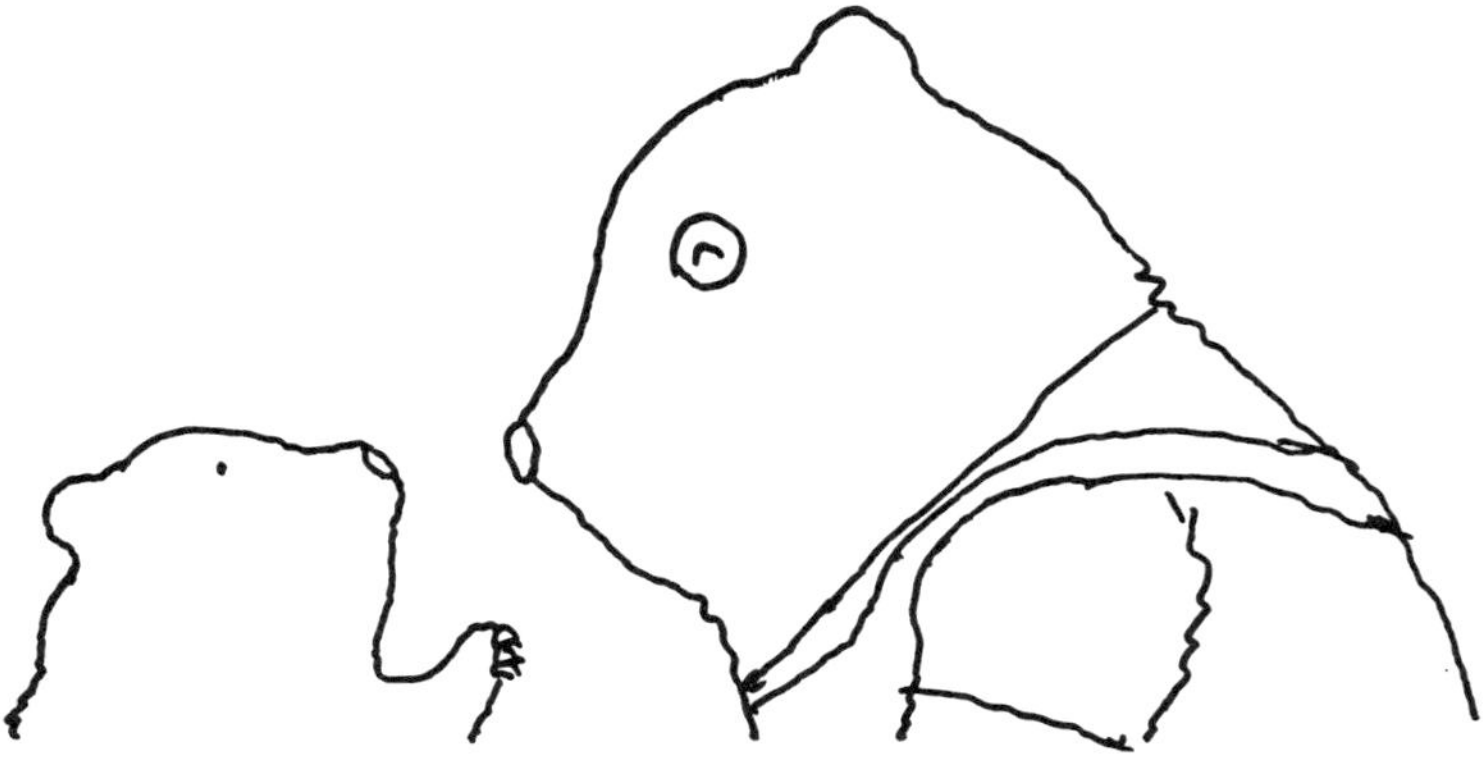

「おかあさん、なんかちょうだい。」

それから、いそいでいいなおしました。

「おっことして、なくさないものだよ。おっことさないもの、ちょうだい！」

すると、おかあさんはウーフの顔《かお》をのぞきこみました。ふかふかの毛《け》の中《なか》で、おかあさんの目《め》がわらいながら、たずねました。

「ウーフ、いまかけてきて、なにかおっことしたの。」

「ぼく？　ううん、わかんない。」

ウーフは、首《くび》をふりました。

「あんまり走《はし》ったから、ふたつの足《あし》をおっことしたかな。あんまり手《て》をふったから、ふたつの手《て》をおっことしたかな。目《め》はどこかな。」

おかあさんは、ウーフのからだをしらべました。

「あらら、せなかの毛《け》がへんだ。ここ、すこしおっことしたね。そのほかは、鼻《はな》も口《くち》も足《あし》も、どうやらおっことさなかったようね。」

「おっことすもんか。」

ウーフは、手足《てあし》をふって、さけびました。

「目《め》も、鼻《はな》も、口《くち》も、手《て》も、足《あし》も、おっことすもんか。はさみなんかできられるもんか。」

「だから、なんでも見《み》られる。なんでももてる。」

と、おかあさんがいいました。

ハチミツ

「元気《げんき》なくまの子《こ》は、山《やま》いっぱいになんでももってるのよ。きれいな花《はな》も、おいしい木《き》の実《み》も、はちみつも、なんだってね。」

「うふふふふ。」

ウーフは、すっかりうれしくなって、わらいました。

「山《やま》いっぱい、もってる！　すごいや。」

それから、いいました。

「あのね、こがねむしね、お金《かね》もちだったのに、お金《かね》をすっかりなくしちゃったんだって。でもね、ちっちゃな、にじをもってたよ。とてもきれいな、にじ！　あ、そうだ。おかあさん、おやつちょうだい。」

ちょうど、三時《さんじ》。

おやつの時間《じかん》でした。

ウーフは、ぺちゃぺちゃとしたをならしながら、はちみつをなめていました。

このあいだ、きつつきのゲラが、ウーフのために木《き》をくりぬいて、コップをつくってくれました。ウーフは、それをはちみついれのコップにしていたのです。

ウーフは、コップから、ひとさじすくってはなめ、ひとさじすくっては、ぺちゃぺちゃやりながら、外《そと》を見《み》ました。

まどから見《み》える野原《のはら》には、青《あお》いつりがねそうや、うすもも色《いろ》のなでしこの花《はな》が、風《かぜ》にゆれていました。

さいごのひとさじを、ゆっくりなめてから、もういちど、まどの外《そと》を見《み》たウーフは、あれと思《おも》いました。

なでしこの花《はな》のあいだに、白《しろ》いものが二本《にほん》、にょっきり立《た》って見《み》えました。

「あれ、花《はな》じゃないよね。きのこかな。どこかで見《み》たような気《き》がするなあ。」

ウーフは、おさじをおいて、外《そと》へでてみました。草《くさ》の中《なか》をかけていくと、白《しろ》いものは、ぴくんとうごいて立《た》ちあがりました。

「なんだ、ミミちゃんだったのか。そこでなにしてたの。」

と、ウーフがたずねました。

「きのう、ここらで服《ふく》のボタンをおとしたの。」

と、ミミがこたえました。

「ボタンをさがしてるのか。ぼくがみつけてあげるよ。」

ウーフは、草《くさ》のあいだをさがしました。すると、つりがねそうの花《はな》のねもとに、赤《あか》いボタンが、ころんとおちていました。

「ほら、みつかった。」

ウーフは、ボタンをミミにわたしました。

「ぼく、目《め》がいいんだね。すぐにみつけちゃった。」

それから、ウーフは、ミミの耳《みみ》をながめました。

「でもさ、これ、さっきはきのこかと思《おも》っちゃったよ。ねえ、ミミちゃん。」

ウーフは、たずねました。

「うさぎの耳《みみ》って、どうしてそんなに長《なが》いの。」

「それはね、なんでもよく音《おと》をきくためよ。」

と、ミミがこたえました。

「おかあさんが教《おし》えてくれたわ。うさぎはよわい動物《どうぶつ》だから、こわいひとの足音《あしおと》や、ふつうとかわったもの音《おと》は、なんでも早《はや》くきこえなくちゃ、こまるんだって。」

「そうかい。じゃ、ミミちゃんは、なんでもよくきこえるかい。」

「ええ、きこえるわよ。」

ミミは、こっくりしました。

「ならさ、ミミちゃん。ぼくが、いまからいうことときこえるか。」

ウーフは、ミミから五《ご》メートルもはなれたところで、口《くち》に手《て》をあてて、ラッパのようにしました。口《くち》だけうごかして、

「…………」

それから、大《おお》きな声《こえ》でたずねました。

「ミミちゃん、きこえた？」

　すると、ミミは耳《みみ》をぴんと立《た》てていいました。

「きこえたけど、わかんなかった。もう一《いっ》ぺんいってみて。」

「じゃ、いうよ。……きこえた？」

「ううん。」

　と、ミミは首《くび》をふりました。

「きこえたけど、いま、耳《みみ》のそばで、はちがぶんぶんいって、よくわかんなかった。もう一《いっ》ぺん、いって。」

「じゃ、いうよ。ミミちゃん、大《だい》すき。」

と、ウーフが小《ちい》さい声《こえ》でいったら、ミミはうれしそうに、うふんとわらいました。

そして、首《くび》をふりました。

「まだ、よくわかんないのよ。もう一《いっ》ぺんいって。」

「じゃ、もう一《いっ》ぺんだよ。ミミちゃん、すき。」

と、ウーフがいったら、ミミは、ぽっと赤《あか》くなりました。

「きこえた？」

「ううん。」

ミミが、首《くび》をふりました。

そのとき、ウーフのうしろの草《くさ》むらで、

「ちっ、ちっ。」

と、だれかがいいました。ふりかえると、きつねのツネタが立《た》っていました。

「ミミちゃんの耳《みみ》って、ちっともよくないね。」

と、ウーフがいいました。すると、ツネタがささやきました。

「じゃあな、ウーフ。こんど、小《ちい》さい声《こえ》で、こういってみろ。すぐきこえちゃうぞ。」

「そうかなあ。」

ウーフは、ツネタに教《おし》えられたとおり、小《ちい》さな声《こえ》で、いってみました。

すると、まあ、ミミはなき声《ごえ》でさけびました。

「ウーちゃんのいじわるう。さっき、すきだっていったくせに、いじわるう。」

「えっ、さっきの、きこえてたの。ミミちゃんたら、わからないなんていってさ。」

ウーフが、びっくりしていいました。

「ひどいわ。それなのに、こんどはきらいなんていうの。いいわ、あたし、もうあそばない。」

ミミは、ウーフをにらむと、ぴょんとはねてかけだしました。

かわいいぽやぽやのしっぽが、なでしこの花《はな》をとびこえて、きえていきました。

「あ、まってよ、ミミちゃん。」

ウーフが、よびました。すると、

「な、わかったろ。」

ツネタが、ウーフのかたをぽんと、たたきました。

「いいかい、ウーフ。うさぎの耳《みみ》ってのはなあ、その……さ、やっぱりよくきこえるんだよ。」

「ふうん。」

ウーフは、うなりました。

それから、ミミがあわてておとしていった

ボタンをひろいあげました。

「このボタン、せっかくみつけてあげたのに。」

すると、ツネタはそのボタンをつかみました。

「ミミちゃんは、きみとあそばないって、いったろ。じゃ、ぼくがあそんでやるさ。」

「おーい、ミミちゃーん。」

と、ミミのいったあとをおいかけました。

金色《きんいろ》の大《おお》きなしっぽが、つりがねそうの花《はな》となでしこの花《はな》の上《うえ》を、おどりながらかけていくのを見《み》て、ウーフは、

「うーふーう。」

と、大《おお》きなためいきをつきました。

くま一《いっ》ぴきぶんは
ねずみ百《ひゃっ》ぴきぶんか

お天気《てんき》の日《ひ》が、つづきました。

いく日《にち》も、雨《あめ》がふらないので、どこのうちでも水《みず》がなくてこまりました。

小《ちい》さな井戸《いど》は、すぐ水《みず》がかれてしまったのです。

けれど、ウーフの家《いえ》では、去年《きょねん》、ふかい井戸《いど》をほって、モーターで水《みず》をくみあげていたので、つめたい水《みず》がたくさんでました。

ウーフの家《いえ》に、きつねも、やぎも、りすも、みんながバケツをさげて、水《みず》をもらいにきました。

木《き》も草《くさ》も、すっかりかわいて、ききょうの花《はな》も、つぼみのまま、ひらかないでかれてしまいました。

林《はやし》の木《き》の葉《は》は、ちりちりにちぢれたようになって、からから風《かぜ》になっていました。

ウーフがやぶにいくと、やぶの小枝《こえだ》に、かたつむりがひからびていました。

「かたつむり、つのだしてごらん。」

ウーフは、かたつむりをつつきました。けれど、かたつむりは、歩《ある》くのもうごくのもいやになったらしく、からのおくにひっこんで、でてこようとしませんでした。

おくのほうからかすれ声《ごえ》で、こういうのがきこえました。

からからだ　からからだ
からも　からだも　からからだ

「ねえ、かたつむり、きみ、水《みず》がほしいのかい。」

ウーフは、からをのぞきました。けれども、かたつむりはもう、へんじをしませんでした。

ウーフは、かたつむりをポケットにいれました。

原《はら》っぱにでて、川《かわ》のほうへ歩《ある》いていくと、道《みち》のはしっこに、小《ちい》さなかにがいました。

「やあ、かに。そんなとこで、なにかんがえてるの。」

と、ウーフがたずねました。

　こうらが　ひびわれる
　こうらが　ひびわれる

かには、かすれたきしきしする声《こえ》でつぶやきました。

「水《みず》がないからかい。」

ウーフは、たずねました。

かには、もう、へんじをしませんでした。ウーフは、かにをポケットにいれて、川《かわ》のほうへ歩《ある》いていきました。

するとと、

「おう、どいた、どいた、どいた。」

ねじりはちまきをしたきつねのおじさんが、両手《りょうて》にさかなのはいったバケ

ツをさげて、かけてきました。

「あっ、ツネタのおとうさんだ。」

ウーフは、目《め》をまるくしました。

ツネタのおとうさんは、ウーフを見《み》ると、

「川《かわ》は水《みず》がないんだ。あそべやしないぜ。さ、早《はや》くかえった、かえった。」

と、どなりました。

「水《みず》がないって、かたつむりや、かににやる水《みず》もないの。」

と、ウーフがたずねました。

「ああ、ない、ない、ないね。さあ、どいた、どいた。」

おじさんは、ウーフのかたをちょいとおしてから、バケツをさげたまま、

「あらよー。」

と、かけていきました。

するとそのあとから、ねじりはちまきをしたツネタと弟《おとうと》のコンが、やっぱり、バケツをさげて、

「あらよー。」

と、やってきました。

「や、ウーフだな。なにしにきた。」

ツネタはウーフを見《み》て、こわい顔《かお》をしました。

「かたつむりとかにを、水《みず》のあるところにつれにきたのさ。でも、ツネタくんとこ、みんなでさかなをとってるのかい。すごいや。ずいぶんとれるんだね。」

と、ウーフはバケツをのぞきこみました。バケツには、さかながごじょご

じょうごいていました。

「へ、川《かわ》の水《みず》がなくなって、さかなは手《て》づかみだぜ。町《まち》へ売《う》りにいって、ひともうけするんだ。」

「や、そんなら、ぼくもするよ。」

「だめ！」

ツネタは、どなりつけました。

「ここのやつは、もうみんな、注文《ちゅうもん》とってあるんだからな。この川《かわ》は、ぼくのなわばりさ。ウーフは、かえれよ。」

「ぼくのなわばりさ。ウーフは、かえれよ。」

コンまで、口《くち》をとがらして、まねしました。

「へえ、ずるいの。」

ウーフは、かえりながら思《おも》いました。

(ツネタくんのうちでは、水《みず》がないからって、ぼくのうちに水《みず》もらいにくるのにな。ただなんかであげて、そんしちゃうよ。こんどから、バケツ一《いっ》ぱい百円《ひゃくえん》にして、もうけようかなあ。)


ウーフがかえると、どうでしょう。

井戸水《いどみず》をくみあげる、モーターがこしょうして、水《みず》がでません。

「おとうさんが、町《まち》に、しゅうりやさんをたのみにいったのよ。水《みず》がないから、ミミちゃんのところから、もらってきてね。」

と、おかあさんがウーフに、いいました。

「じゃ、いってきます。」

ウーフは、バケツをもちました。

「かたつむりもかにも、もうすこしまつんだよ。いま、水《みず》をもらったげるからね。」

ウーフは、ミミの家《いえ》にいきました。

ミミの家《いえ》にはもう、バケツをさげた、やぎときつねがきて、ならんでいました。

ウーフのすぐあとから、りすとねずみがやってきました。

やぎときつねが、水《みず》をもらってかえりました。ウーフがバケツをだすと、りすのキキが、きいきい声《ごえ》でさけびました。

「ウーフくんとこは、水《みず》があるんだろ。」

「いま、モーターがこしょうで、水《みず》がくめないんだよ。」

と、ウーフがいいました。

「こまるよ。そんな大《おお》きなバケツじゃ、ミミちゃんちの井戸《いど》は小《ちい》さいんだもの。ぼくらのぶんがなくなるよ。」

すると、ねずみのチチも、さけびました。

「そのバケツは、ぼくらの百《ひゃっ》ぱいぶんだよ。」

「こまるなあ。くまなんか、いつもそうなんだ。」

と、キキはいいました。ウーフが子《こ》どものくまだからか、いばっていいました。

「山《やま》にいちごがなったって、かきやくりがなったって、くま一《いっ》ぴきで、ぼくらの百《ひゃっ》ぴきぶんたべちまうんだ。」

「ぼくらの百《ひゃっ》ぴきぶん！」

かつてない大型バトル
エンタテインメント!!

らくだい魔女
ジカルストーリー！

と、チチもどなりました。

「いいよ、そんなら、いらないや。かたつむり一《いっ》ぴきぶんと、かに一《いっ》ぴきぶんの水《みず》だけもらうよ。」

ウーフは、ポケットのかたつむりとかにを、バケツにいれて、水《みず》をたらっとかけてやりました。

それから、

「ありがとう。さいなら。」

といって、うちへかえりました。

うちでは、しゅうりやさんがきて、モーターをとりかえていました。

やっと、水《みず》がでるようになりました。

ウーフは、おとうさんにいいました。

「ねえ、おとうさん。くまなんか、たべるのものむのも、ねずみの百《ひゃっ》ぴきぶんだって、山《やま》のかきもくりも、くま一《いっ》ぴきで百《ひゃっ》ぴきぶんたべちゃうって、ねずみのチチがおこるんだ。でも、ぼく、百《ひゃっ》ぴきぶん、のどがかわくよ。百《ひゃっ》ぴきぶん、おなかすくよねえ。」

すると、おとうさんはいいました。

「のどがかわいたかい。もう、水《みず》がでるよ。さあ、のみなさい。それから、ほかのひとにもわけてあげようね。」

「ぼく、ねずみにもりすにも、水《みず》がほしいといったら、あげるよ。でもね、きみ一《いっ》ぴきでかたつむり百《ひゃっ》ぴきぶんだなんて、いわないぞ。」

と、ウーフがいいました。

それから、三日《みっか》めに、雨《あめ》がふりました。
雨《あめ》はざあざあふって、山《やま》をぬらし、野原《のはら》をぬらしました。

雨《あめ》がたっぷりふったので、くたんとしていた木《き》も草《くさ》も元気《げんき》をとりもどして、青《あお》あおとしてきました。かわいてひびわれた土《つち》も、もとどおりになりました。
かたつむりはつのをだしたり、ひっこめたりして歩《ある》きまわり、かにははさみをふって、ばんざいしました。
川《かわ》の水《みず》もふえて、さかなたちもおよぎはじ

めました。

雨《あめ》はふりつづいて、五日《いつか》めにはれました。

空《そら》を見《み》て、

「あ、にじだ。」

と、ウーフがさけびました。

「おとうさん、にじだよ。」

畑《はたけ》にいたおとうさんも、空《そら》を見《み》あげました。

「やあ、きれいだなあ。」

おとうさんは、まどから、おかあさんをよびました。

「おかあさん、にじだよ。それから、ぼうしをとっておくれ。」

「おとうさん、どこへいくの。」

と、ウーフがたずねました。

「ミミちゃんのうちで、あつまりがあるんだよ。こんどから、水《みず》でこまらないように、貯水池《ちょすいち》をつくろうって、そうだんするんだよ。」

「どこにつくるの。ねえ、それ、みんなでつくるの。おとうさんもはたらくの。」

「そうだよ。」

と、おとうさんがこたえました。

「おとうさんは力《ちから》もちだからな。ウーフ。」

「ねずみの百《ひゃっ》ぴきぶんよりも！」

と、ウーフがさけびました。

「くまは百《ひゃっ》ぴきぶんたべるから、百《ひゃっ》ぴきぶんはたらけば、いいんだ。そうだ

ヨースケ

ね、おとうさん。」

すると、おとうさんがわらいました。

「いいんだよ。ねずみは、ねずみ一《いっ》ぴきぶん、きつねは、きつね一《いっ》ぴきぶん、はたらくのさ。だれのなんびきぶんなんかじゃないんだよ。おとうさんはくまだから、くまの一《いっ》ぴきぶん。ウーフなら、くまの子《こ》の一《いっ》ぴきぶんさ。みんなが一《いっ》ぴきぶん、しっかりはたらけばいいんだ。や、にじがむこうの上《うえ》までかかったよ。」

おとうさんは、空《そら》を見《み》あげました。

「林《はやし》からでて、山《やま》の上《うえ》まで、まるでたいこばしみたいだ。」

と、ウーフがいいました。

「ほんとに、ひさしぶりのにじね。」

ぼうしをもってきたおかあさんも、まどからにじを見《み》あげました。

まっさおな空《そら》にかかったにじの色《いろ》は、いままでに見《み》たどのにじよりも、くっきりとうつくしく見《み》えました。

にじも、にじ一本《いっぽん》ぶん、いっしょうけんめいかかっているように見《み》えました。

あとがき

神沢《かんざわ》利子《としこ》

二〇〇一年《ねん》に出版《しゅっぱん》されたくまの子《こ》ウーフの童話集《どうわしゅう》が早《はや》くも文庫版《ぶんこばん》になりました。

最初《さいしょ》に主婦之友誌上《しゅふのともしじょう》に「さかなはなぜしたがない」「おっことさないものなんだ?」等《とう》を発表《はっぴょう》し、それに新《あら》たに書《か》き加《くわ》えて、一九六六年《ねん》の創作童話《そうさくどうわ》シリーズの一《ひと》つとして出版《しゅっぱん》されたものが、もともとの「くまの子《こ》ウーフ」です。まだ創作出版《そうさくしゅっぱん》の少《すく》ない頃《ころ》でした。井上洋介《いのうえようすけ》さんのすばらしい絵《え》をいただいて、わたしの心《こころ》の中《なか》のウーフは、生《い》きたウーフになり、子《こ》どもから大人《おとな》までたくさんのともだちを持《も》つことになりました。今《いま》でも「くまの子《こ》ウーフくんへ」

という子《こ》どもたちからのてがみがまいこむことがあります。わたしは、みんなに愛《あい》されるウーフをしあわせなくまだと思《おも》っています。それからツネタもなかなかすてきなきつねだと自分《じぶん》では思《おも》っているのです。

長年《ながねん》の友人《ゆうじん》であり先輩《せんぱい》である岩崎京子《いわさききょうこ》さんの、解説《かいせつ》をいただき、文庫《ぶんこ》として更《さら》に多《おお》くのひとと、ともだちになる機会《きかい》をウーフにあたえてくださったことを感謝《かんしゃ》しております。そして、これより他《ほか》に考《かんが》えることのできないウーフを創造《そうぞう》してくださった井上洋介《いのうえようすけ》さんに、改《あらた》めて厚《あつ》くお礼《れい》を申《もう》しあげます。

解《かい》説《せつ》

岩崎《いわさき》京子《きょうこ》

なんてかわいいくまの子《こ》でしょう、ウーフって。たまごをぽんとわると必《かなら》ずきみが出《で》てくると感心《かんしん》したり。自分《じぶん》はおしっこでできてるのかなと心配《しんぱい》になったり……。ばっかなウーフ。でも、私《わたくし》はウーフがかわいくってたまりません。きっと皆《みな》さんもでしょう。

小《ちい》さな子《こ》ども（ウーフのような）口《くち》から出《で》てくるおしゃべりは、そのまま詩《し》です。純粋《じゅんすい》で無邪気《むじゃき》で、思《おも》わずほほえまされたり、時《とき》にはずばっと直裁《ちょくさい》にものの本質《ほんしつ》をついて、まわりのおとなどもをはっとさせることがあります。

その子《こ》どもたちが、時《とき》と共《とも》にいろんなことを覚《おぼ》えていき、そのうち、「たまごはよくまちがえてほかのものを出《だ》さないなあ」などいわなくなってしまい

ます。知識《ちしき》がふえことばがふえ……、それが成長《せいちょう》というものですが、その子《こ》の心《こころ》は逆《ぎゃく》に常識的《じょうしきてき》になり、考《かんが》え方《かた》も固定《こてい》していって、一《ひと》まわりも二《ふた》まわりも小《ち》さくつまらなくなってしまいます。だれだって、むかしはウーフのように天使《てんし》だったはずなのに……。

「薔薇《ばら》ノ木《き》ニ
薔薇《ばら》ノ花咲《はなさ》ク
何事《なにごと》ノ不思議《ふしぎ》ナケレド
北原白秋《きたはらはくしゅう》」

という詩《し》がありますが、ウーフの物語《ものがたり》をかいた神沢利子《かんざわとしこ》さんや、詩人《しじん》の北《きた》原白秋《はらはくしゅう》などは、子《こ》どもの、あのいきいきした、生命力《せいめいりょく》のあふれる発想《はっそう》を忘《わす》れていない、きわめて稀《まれ》なおとななのです。ほとんどおとなはたまごをわればきみの出《で》てくる不思議《ふしぎ》さ、バラの木《き》にバラの花《はな》の咲《さ》く不思議《ふしぎ》さに感動《かんどう》しない、つまらない人間《にんげん》になってしまいます。

「ぼくはしたがあるから、はちみつがなめられる。手《て》があるから、おかあさんにだっこができる。くまの子《こ》でよかったなあ。」

とウーフがいいましたね、またおしっこなんかでなく、「ウーフはウーフでできてる」と、気《き》づくところなんか、たいへん素朴《そぼく》で、ごくあたりまえのことですが、これこそ存在《そんざい》の基本《きほん》で、あるがままの尊《とうと》さをウーフは私《わたくし》たちに気《き》づかせてくれています。

さて、神沢利子《かんざわとしこ》さんは『くまの子《こ》ウーフ』の前《まえ》に『ちびっこカムのぼうけん』とか、『ヌーチェのぼうけん』という優《すぐ》れた長編《ちょうへん》の幼年童話《ようねんどうわ》を発表《はっぴょう》しました。北国《きたぐに》の原野《げんや》を舞台《ぶたい》に大活躍《だいかつやく》する少年《しょうねん》の物語《ものがたり》です。北斗七星《ほくとしちせい》、銀河《ぎんが》の海《うみ》、トナカイのかけるツンドラなど壮大《そうだい》なイメージをつづったストーリーといい、簡潔明快《かんけつめいかい》な文体《ぶんたい》の民話的《みんわてき》な手法《しゅほう》といい、読《よ》む者《もの》の心《こころ》をぐいぐいひきこんでいきました。そして何《なに》よりも、主人公《しゅじんこう》のカムやヌーチェのぴちぴち元気《げんき》

いっぱいの男《おとこ》の子像《こぞう》が魅力的《みりょくてき》で、たちまち日本中《にほんじゅう》の子《こ》どもたちのアイドルになってしまいました。

『ちびっこカムのぼうけん』の発表《はっぴょう》された昭和《しょうわ》三十五年《ねん》ごろ、「子《こ》どものおはなしにはストーリー性《せい》がなければいけない」と、しきりにいわれ出《だ》しました。神沢利子《かんざわとしこ》さんはその要望《ようぼう》にみごとにこたえたわけです。

ところが神沢《かんざわ》さんは、その成功《せいこう》に決《けっ》して酔《よ》っていませんでした。「日本児《にほんじ》童文学《どうぶんがく》」という雑誌《ざっし》の昭和《しょうわ》四十五年《ねん》三月号《がつごう》に、こう述懐《じゅっかい》しています。「わたしは今《いま》こそ自分《じぶん》の出発点《しゅっぱつてん》に帰《かえ》らねばならぬと思《おも》った。起伏《きふく》のあるストーリーは勿論面白《もちろんおもしろ》い。しかしここでストーリー性《せい》にたよらず、もっと端的《たんてき》に本質《ほんしつ》に迫《せま》る仕事《しごと》はできないものか……。」

そして、神沢利子《かんざわとしこ》さんは『くまの子《こ》ウーフ』でそれをこころみました。神《かん》沢文学《ざわぶんがく》の原点《げんてん》への回帰《かいき》でしたが、またまたここで、ウーフという魅力的《みりょくてき》な新《あたら》

しい個性《こせい》を私《わたくし》たちに紹介《しょうかい》してくれました。

さて、神沢利子《かんざわとしこ》さんの作品《さくひん》にはよくクマが出《で》てきます。いつか神沢《かんざわ》さんはいいました。

「おふろにはいって肩《かた》まで沈《しず》む時《とき》や、たたみにごろんところがる時《とき》はアザラシになったように思《おも》えるし、壁《かべ》にかけたオーバーにかくれて、そっとのぞく時《とき》には、穴《あな》の中《なか》のクマになった気《き》がする。」

それはたぶん、神沢《かんざわ》さんが幼年時代《ようねんじだい》、少女時代《しょうじょじだい》をすごしたサハリン（樺太《からふと》）には、アザラシのすむ北《きた》の海《うみ》も、クマのいる山《やま》も近《ちか》くにあったからでしょう。神沢利子《かんざわとしこ》さんにとっては、北《きた》の国《くに》のいきものたちは幼友達《おさなともだち》のような、あるいは身内《みうち》のような親《した》しい存在《そんざい》なのでしょう。

（一九七七年四月）

作・神沢利子（かんざわ　としこ）
1924年、福岡県に生まれ、樺太（サハリン）で幼少期をすごす。文化学院文学部卒業。作品に『ヌーチェのぼうけん』『ちびっこカムのぼうけん』『うさぎのモコ』『ふらいぱんじいさん』『いたずらラッコのロッコ』など数多くあり、童話選集「神沢利子コレクション・全五巻」も出版され、幅広く活躍中。日本児童文学者協会賞、サンケイ児童出版文化賞大賞、日本童謡賞、路傍の石文学賞、巖谷小波文芸賞、モービル児童文化大賞、小学館児童出版文化賞などを受賞。

絵・井上洋介（いのうえ　ようすけ）
1931年、東京に生まれる。武蔵野美術学校西洋画科卒業。自作の絵本に『まがればまがりみち』『でんしゃえほん』などがあり、一連のくまの子ウーフの童話や絵本の絵を担当するほか、数多くの子どもの本を手がけている。画集に『木版　東京百画府』『井上洋介漫画』などがある。文春漫画賞、小学館絵画賞など受賞。

収録作品について　『くまの子ウーフの童話集　くまの子ウーフ』（ポプラ社 2001.9）

2005年10月　第1刷　2007年6月　第5刷

ポプラポケット文庫001-1

くまの子ウーフの童話集　**くまの子ウーフ**

作　**神沢利子**
絵　**井上洋介**
発行者　坂井宏先
発行所　株式会社ポプラ社
東京都新宿区大京町22-1・〒160-8565
振替　00140-3-149271
電話（編集）03-3357-2216　（営業）03-3357-2212
（お客様相談室）0120-666-553
FAX（ご注文）03-3359-2359
インターネットホームページ http://www.poplar.co.jp
印刷所　瞬報社写真印刷株式会社
製本所　株式会社ブックアート
Designed by 濱田悦裕

ISBN978-4-591-08870-8　N.D.C.913　158p　18cm

みなさんとともに明るい未来を

九七六年、ポプラ社は日本の未来ある少年少女のみなさんのしなやかな成長を希《ねが》って、ラ社文庫」を刊行しました。

十世紀から二十一世紀へ——この世紀に亘《わた》る激動の三十年間に、ポプラ社文庫は、みんの圧倒的な支持をいただき、発行された本は、八五一点。刊行された本は、何と四冊に及びました。このことはみなさんが一生懸命《いっしょうけんめい》本を読んでくださったという証左《あかし》でります。

かしこの三十年間に世界はもとよりみなさんをとりまく状況も一変しました。地球温による環境破壊、大地震、大津波、それに悲しい戦争もありました。多くの若いみなかけがえのない生命も無惨《むざん》にうばわれました。そしていまだに続く、戦争や無差別病気や飢餓《きが》……、ほんとうに悲しいことばかりです。

決してあきらめてはいけないのです。誰もがさわやかに明るく生きられる社会を、つくり得る、限りない知恵と勇気がみなさんにはあるのですから。

——若者が本を読まない国に未来はないと言います。

創立六十周年を迎えんとするこの年に、ポプラ社は新たに強力な執筆者《しっぴつしゃ》と志《こころざし》を同じくするすべての関係者のご支援をいただき、「ポプラポケット文庫」を創刊いたします。

二〇〇五年十月

坂井宏先